巫女姫淫魔伝
～異種触手・生贄苗床～
著 北原みのる
画 ズルム健
原作 ZION
ぷちぱら文庫

神月《こうづき》 小夜《さよ》
守護の家系に生まれ、強い神通力を持ち
学生の身ながら巫女を務める美少女。
村に伝わる因習に従い、妖魔への生贄と
なる宿命をまっすぐ受け止めている。
清楚で貞操観念が強く、村一番の人気者。

神月《こうづき》 まひろ

小夜の姉で、常に温和な笑みを湛える美女。早くに身寄りを亡くし、小夜の母代わりとなって世話を焼き、見守っている。本来なら生贄となるはずだったが、神通力が小夜より弱いため選ばれなかった。

序章 生贄の儀式 五
一の柱 触手・蟲鬼編 六三
二の柱 怪異・物の怪編 九七
三の柱 幽鬼・獣鬼編 一三七
終章 鬼王最終戦編 一九一

序章　生贄の儀式

「……壱！　……弐！　……参！　……壱!!　……弐!!　……参!!」

澄み渡る空の下、凛とした少女の声が響き渡る。

どこまで分け入っても鬱蒼とした樹々の茂る深山の清新な空気の中、目を焼くような白い色と赤い色が浮かび上がっている。

よく見ればそれは、白い着物に赤い袴の少女が素振りをしているのだとわかったろう。

「ふぅぅぅ……朝の稽古は気持ちいいな」

額の汗を拭い、空を仰ぐその表情は晴れ晴れとしていた。

艶やかな長い黒髪に、大きな目が愛らしい。

毎朝、庭掃除の後、素振りをして己の腕を磨くのが、彼女の日課だった。

そうして日々、巫女としての修行と武芸の鍛錬の両方をこなしているのだ。

砂を敷き詰めた境内《けいだい》は、手入れが行き届いていた。

樹々は剪定《せんてい》され、ゴミひとつ落ちていない。

「うん、掃除も完璧だよね。落ち葉もないし……」

と、そこで彼女はふと立ち止まる。青空の向こうに小さな暗雲がかかったように見えた。

「気のせいだといいけど……」

胸の中で不安が広がっていく。

「小夜《さよ》」

と、名を呼ばれて振り向くと、同じように巫女服を着た少女が立っていた。

お互い面立ちは似ているが、彼女はことにすらりとした体躯と豊満な躰が、着物の上からでも目立っていた。

「まひろ姉さん、おはよう」

「うふふ。小夜、稽古してたのね。掃き掃除もしてくれて……ほんと上手」

「天気がいい日の稽古って、楽しいから」

姉の褒め言葉に、妹はにっこりと笑った。

背の低いほうは妹の神月《こうづき》小夜。高いほうは

姉のまひろ。

ふたりは非常に仲がよく、数年前に両親を亡くして以来、村で唯一の神社を守ってきた。

ここは、忌まわしい呪いの村と言われる〝鬼子村《おにこむら》〟。

地図にもなく、携帯電話も使えない山間の小さな集落だった。

「小夜……やっぱり？」

「ええ。瘴気《しょうき》が……」

そんな言葉を交わすと、ふたりは示しあわせたように小さな溜息をついた。

「あの雲を見ていると、嫌な予感がしてしょうがないの。鳥肌が立っちゃって……」

小夜の真っ白い指先は震えていた。まひろがその手のひらをやんわりと握りしめる。

互いのぬくもりが交わっていた。

「……大丈夫よ。小夜」

神月家の女系は代々巫女であり、神通力に長《た》けていた。

特に妹の小夜の力は歴代稀に見るほどであり、闇の力さえ敏感に察知してしまう。いや、むしろそうした力を引き寄せてしまうといっていい。

「まひろ姉さん、いつもありがとう……」

この世にただふたりきりの姉妹は、こうして寄り添って暮らしてきた。

まひろは卒業以来、ずっと神社に仕えていた。神事を執りまとめ、遂行しているのだ。

ふたりが暮らしていけるのも、まひろが巫女として神社に仕えているからといえた。

「さ、朝の祈祷に行きましょう」

まひろがポンポンと、優しく小夜の肩を叩く。

いくらか小夜の表情は和らいでいた。

瘴気を感じて、気分が落ち込むことは珍しくないが――それがどうも最近増えている。

――やっぱり……百年に一度の〝あの日〟のせいかな……？

そう思えてならない。だが、違ってほしい気持ちのほうが勝っていた。

しかしいったん心配事は置き、ふたりは祈祷のため、母屋の地下にある霊場へと向かった――。

「じゃあ、まひろ姉さん。行ってきます」

祈祷と朝食を済ませた小夜は、制服に着替えていた。

先ほどまでとは打って変わって、思春期の女子生徒らしい溌溂《はつらつ》としたムードを漂わせている。

「いってらっしゃい」

笑顔のまひろに見送られ、小夜は登校した。

神社と同じ敷地にある母屋を出て、緩やかな山道や田んぼ沿いをのんびりと進むと、歩いて二十分ほどで学校だ。

鬼子村は学生・子供が数十人ほどと少なく、村民は百人にも満たないため、あらゆる年代の生徒がひとつの学舎《まなびや》に通っていた。

まひろ姉さんとあの話できなかったな……。

登校の道、小夜の胸にはあの心配事が沸き上がっていた。

今朝に見た、青空の中の暗雲——凶兆としか思えない。

しかも、百年に一度の満月の日が近い。

だが、朝食を囲みつつも、ふたりともそのことを話題にしなかった。

予感が当たっていればどうなる運命か、互いによくわかっていたからだ。

特に妹想いのまひろは、長年胸を痛めてきた。

自分にも神通力があれば妹を犠牲にしなくて済むところを、小夜の類《たぐ》い希《まれ》な神通力は村人の誰もが知っており、まひろの出る幕はない。

〝鬼子村伝説〟。村娘たちの神隠し、そして災いが起きるのがその予兆とされていた。

百年に一度、ひとたびそれが起こったならば、満月の夜に生贄を捧げなければ、村は滅亡する——。

〝小夜。神通力の高いあなたが生贄になるのよ〟

〝村を救うために祭壇に捧げられるの〟

〝もっと神通力を上げるために修行に励むのよ〟

今は亡き両親や祖母、村に暮らす人々までが、小夜にそう言い聞かせていた。

鬼子村で生まれ育った小夜は、素直に受け入れ、生贄が使命だと信じて疑わなかった。

そもそもの伝説についても、疑う者などいなかった。

村人の祖母や遠縁からの実体験として、脈々と受け継がれてきたからだ。

小夜が目を閉じ、深呼吸をする。

今は考えるのはやめよう。村のみんなのためにも……まひろ姉さんのためにも。

そしてまた、彼女は颯爽と歩き出す。

と、校舎が見えてきた辺りで、向こうからふたりの少女が歩いてくるのが見えた。

「あ……まこにちこじゃない。どうしたの？」

小夜の言葉に、ひとりが返す。

「小夜姉ちゃん、大変だよっ、学校が閉鎖になっちゃって……！」

「ええ!?　閉鎖？」

これには小夜も驚いた。

「う……っ、うぅぅ……瞳《ひとみ》姉ちゃんが……」

もうひとりがたまらず、嗚咽を始めた。

「ああ、大丈夫？」

よしよしと小夜がその背中を撫でる。

しかし彼女はますます涙を流し、しがみついてきた。

「ちこ、泣かないで。私まで泣きたくなるじゃない」

ちことまこ、瞳は仲のよい三姉妹だ。

姉の瞳は小夜と同級生だが、妹ふたりはまだ小学生で、三人とも小夜と同じ学舎に通う生徒である。

小夜とまひろも、ふたりが母親のお腹にいる頃から知っていた。

「だって……瞳姉ちゃんが……ひっく、うぅぅ……っ、神隠しに……」

その言葉を聞き、ちこの背中を撫でていた小夜の手が止まる。

神隠し。村の若い娘たちが行方不明になる。まさに鬼子村伝説の始まりだった。

「昨日、学校から帰ってこなくて……そのまま……う、うわぁぁぁ……っ！」

なにひとつ変わることなく、楽しそうにクラスメイトと笑っていた瞳の姿が目に浮かぶ。

「大丈夫だよっ、瞳姉ちゃんは帰ってくるって！」

「でも……でもでもぉぉぉ……わぁぁぁ！」

「だーかーらー、ちこが泣くと……私まで……う、ひっく、うぅぅ……わぁぁ」

連鎖反応を起こしたように泣き出してしまうふたりを、小夜はやんわりと抱きしめた。

瞳は温和で面倒見がよかった。妹ふたりの世話もよくしていた。

その瞳が神隠しにあったと思うと、気が気ではない。

普段の小夜なら、「大丈夫。瞳は絶対無事」とふたりを励ましただろう。

だが、どうしても鬼子村伝説が頭を過《よぎ》ってしまい、口にできなかった。

……どうして、当たってほしくない予感ばかり、当たってしまうんだろう？

そう考える自分がつらかった。神通力を持って生まれ、鍛錬を積んだ結果が、人に不幸をもたらすように思えた。

思う間にも、ひとしきり泣いたふたりが、ようやく顔を上げる。

「お母さんが心配してるわ。私といっしょに帰りましょう？」

小夜が手を差し出すと、ふたりは彼女を挟んで手を取りあった。

「じゃあ、この手、しっかり握るのよ？」

ふたりがぎゅっと手を握りしめると、小夜といっしょに歩き出した。

おそらく、幼いふたりはまだ鬼子村伝説を理解していないのだろう。

顔を上げれば、さっきまで晴れ渡っていた空が陰っていた。山の天気は変わりやすい。

暗い空の下を、三人は再び歩き出した。

「小夜、戻ったのね。よかった……」

神社に戻ると、まひろが駆け寄ってきた。もう誰かから、瞳の話を聞いたのだろう。

小さな村は情報の回りが速い。

ちことまこを送った小夜もまた、村人から様々な情報を得ていた。

「まひろ姉さん……」

ふたりがそっと抱きあう。これから、なにが起きようとしているか、どうなるのか――

想像できてしまった。

「ついに……そのときが来てしまったのね」

「鬼子村伝説に嘘はなかったのね。聞いたわ、瞳のこと……」

「ええ。瞳だけじゃないわ。今日だけで村娘が、三人消えたそうよ」

小夜は肝を潰す想いだった。

まだ瘴気を感じてから、一日も経っていないというのに――。

と、そのとき、小雨が彼女の頬を濡らしたかと思うと突然、雷鳴が轟いた。

「小夜、家へ急ぎましょう」

空は暗雲に塗り込められている。

ふたりは足速に母屋へと向かった。


部屋に戻っても、雷鳴と雨音が鳴り響いていた。

タオルで躰を拭きつつ、まひろはなにやら考え込んでいた。

——ここまで凶兆が重なれば間違いはない。そして満月の日は近い。

面《おもて》を上げたまひろの表情には、決意の色が宿っていた。

「小夜、お願い。私が生贄になるわ。だから……あなたは村から逃げて」

「まひろ姉さん……」

絶句する小夜。

それは姉が長年、言い続けてきた言葉。しかし、現実を帯びた今となっては重みがある。

「その話はもうしないでって……」

まひろが思い詰めたような目で小夜を見る。言葉に嘘はなかった。

「鬼子村伝説は、終わったんじゃないか……実はもう、妖魔は襲ってこないのかもって、私、心の底から思ってたのよ。でも……そうならなかった」

小夜もそう思わなかったわけではない。

だが、神通力の高い巫女として、村のために命を捧げることに、迷いは一切なかった。

彼女自身の優しい性格と、両親や村民の教育の賜物《たまもの》だった。

「……私ね。もし、運命から逃れられるなら……一度でいいから村を出たかったわ。街へ可愛い洋服を買いに行ったり、流行のスイーツ食べたり……」

小夜とまひろは生まれてから、一度も鬼子村から出ていない。

ただひとつの神社を守るために生きてきた。

「でも……まひろ姉さんに託すわ。いつか、そんな日が来ますように……」

小夜が生贄になれば、次の百年まで生贄は必要ない。

そうすれば、自分の命にも大きな意味があると確信できた。

「だから、まひろ姉さんには生きてほしいの。いつか、自由にやりたいことをやって？」

「……小夜」

ふたりがそっと抱きあう。

とうとう決別の日が来た。そう思うと、つらくて悲しくてしょうがない。

生贄を捧げなければ村は滅亡する。そのために、神通力の強い小夜が祭壇に捧げられる。

まひろは阻止したい。小夜は受け入れたい。相反する気持ちは、互いを思いあってこそだった。

まひろの手指が震える。それは小夜にも伝わるほど、強いものだった。

断腸の思いだった。姉の気持ちが痛いほどわかる小夜は、優しさが嬉しくもあり、切なくもあった。

ドンドン。

ふたりがパッと離れる。大きなノックの音に嫌な予感しかなかった。

ドンドン！

「はい、ただいま……」

居住まいを正した小夜が、小走りで戸を開ける。

村の男たちだった。雨に濡れている。

小夜とまひろはさっと涙を拭った。

「みなさん、濡れてますね。今、タオルを……」

と、中央に立つ村の長老が長い髭を撫でながら咳払いした。

「こほんこほん、あー、構うでない。ふたりが心配でな。こうして来たまでだ。なあ？」

村人たちがやけににこにこ笑いながら、頷きあう。

「ああ」

「すごい雨だぁ」

ふたりを見るその顔は、目が泳いでいたり、頬を引《ひ》き攣《つ》らせたり、どこか不自然だ。

姉妹の顔が強張る。

すぐにわかってしまった。逃げ出さないか、見張りに来たのだろう。

長年、鬼子村に仕えているとはいえ、万が一にもその可能性がないとはいえない。

鬼子村伝説のとおり、生贄に捧げて、村の命をつなぐ。

小夜に課せられた宿命は、あまりに重い。

「満月まで後数日じゃからな。小夜、つらい務めではあるが案ずるな。まひろの面倒もわしらが見よう」

「はい。よろしく……お願いします……」

小夜が頷くと、一同は安堵したように拍手喝采する。

「さすが、巫女の血。村のために覚悟を決めたようじゃな」

「すまないね、小夜！」

「小夜のおかげで、俺たち助かるよ」

「村の宝だ。ああ、娘が処女なくしたら、たまらないからな」

「チンポを知って戻られたらたまらん」

「……っ⁉」

と、小夜が苦虫を噛みつぶしたような顔になる。

彼女はやや潔癖症だった。巫女という性質もあってか、穢れにつながることを極端に嫌っている。

特に汚い言葉は、口にすると巫女としての力が損なわれるといういわれを頑《かたく》なに信じていた。

小夜は、生涯、命と引き替えにしてでも、そういった汚い言葉を口にも耳にもしないと、強く思っていた。

耳が穢れそうだわ。いやらしい言葉……今すぐにでもお祓いしたいぐらい。

妖魔について勉強を重ねるほど、憎しみが募っていたというのもあるだろう。

雌を喰らい、孕ませる。用がなくなれば、なにもなかったように殺すこともあった。

そんな小夜の想いを敏感に察して、まひろは優しく肩を撫でた。

と、雰囲気を察し、村人たちも自重しあう。

「これこれ。巫女の前で妙なことを言うでない。ふたりが怖がってるだろう？」

「そうだそうだ。大切な巫女さんなんだからな」

「おっと。失礼しました」

もっともその顔はどこかにやついていた。巫女姉妹の反応を面白がっているのだろう。

「お気遣い……ありがとうございます」

「いやいや。せめて満月までの間、よいものでも食ってもらおうと思ってな」

「身の回りの世話も、うちのに行かせるぞ」

「しばらく庭仕事は、俺たちが引き受けよう」

村人たちは口々に言うが、その額には汗が浮かんでいた。無理のある笑顔と上擦った声だった。

なにがなんでも小夜を生贄として捧げようという目論見《もくろみ》が、露骨に見えている。

そんな村人たちの態度が不快なのか、顔を強張らせるまひろの前に、小夜が出てきた。

「ありがとうございます。ですが、ご安心ください。私は巫女の役目を果たしますし、それまでは姉とふたり、水入らずで過ごしたいのです。なので、どうかみなさん、お帰りください。この天気ですから、ご家族も心配なさっているでしょう」

小夜が一礼したそのとき、大きな稲光とともに雷鳴が轟いた。

まひろが小夜をそっと抱きしめる。

その態度に、長老も頷いた。

「確かにこの空じゃ、家族が心配じゃな。おい、そこのふたり」

「はい」

「お社《やしろ》で神様をお守りしろ。お前たちは女ふたりじゃ。心細いだろう？」

長老の瞳がギラリと光る。

その威圧感に、小夜とまひろは身を震わせた。有無を言わせないものがある。

やはり、姉妹の見張りは外さないのだろう。

「は、はい。では……お願いします……」

頷く以外に選択肢がない。小夜とまひろの震えは止まらなかった。

「うむ。では皆の衆、行くぞ」

村人たちがぞろぞろと出て行く。

彼らを見送った後、そっと戸を閉めたまひろが、くたりと頽《くずお》れた。

「まひろ姉さん……っ」

駆け寄った小夜がまひろを支える。顔面蒼白だった。細身は冷えきっている。

「大丈夫……ちょっと気が緩んだだけで……」

まひろが小夜の手を握り返す。そこに力はなかった。

細い肩が震えている。堪えていた熱いものが溢れていた。

「……小夜、ごめんなさい。嫌な思いばかりさせてしまって……う、うぅぅ……」

「ううん……いいのよ。姉さん……」

小夜はそれ以上、なにも言えなかった。どんな言葉も、まひろの心を慰められないとわかっていた。

どれだけまひろが追い詰められているか、苦しんでいるかを知っているだけに、喉が詰まった。

「小夜……あなたを心から大切に想ってるのよ。ああ、どうしたら私は……」

そう言うまひろの背中を、小夜が抱きしめる。ただこうして、ぬくもりを確かめあうしかなかった。


真っ暗な空にポカリと満月が浮かぶ頃。

小夜はひとり、井戸水を汲んで水浴びをしていた。

いよいよ今夜、生贄として祭壇に捧げられる。

鬼子村の因習が行われ、妖魔に全てを奪われるのだ。

小夜は身を清めて、心を落ち着かせていた。不思議と思った以上に、不安も緊張もない。

夜の静寂のせいだろうか。辺りをぼんやりと見回すが、見慣れた風景はなにひとつ変わっていない。

あれほど強く降った雨も、翌日には晴れ上がり、今や満月の明かりが集落をうっすらと照らしている。

……今日でここともお別れだわ。ちっとも実感が湧かないけど……。

あの激しい雷雨の夜、小夜はまひろと並んで眠った。

以来、ふたりは監視され、神社には村人数人が常駐していた。落ち着ける状況ではなかった。

まひろの涙が乾くこともない。

できるだけ普段どおりに過ごそうとしたが、心根の優しいまひろはそうできなかった。

……まひろ姉さん。心配だけど……でも、わかってくれるよね。

鬼子村の巫女に生まれ、こうなる運命だと言い聞かされてきた。

いよいよ、その瞬間を迎えようとしている。

自分がどんな目に遭うのか、妖魔は生贄をどうするのか、伝え聞いた話はどれも悪夢のようだった。

だが、実際のところ誰ひとり知るよしもない。生贄は皆、戻ってこないのだから。

小夜は近くにあったタオルを手に取り、濡れた躰を拭いた。

巫女服を身につけ、髪を梳《と》かす。

「小夜、ちょっといい？」

振り返ると、まひろが立っていた。

「まだ夕飯の支度が終わってなくてね。悪いけど、先に地下蔵へ行って、祈祷の準備をしてくれないかしら？」

「わかったわ」

小夜が頷くと、まひろは足早に行ってしまった。

朝晩の祈祷は習慣だ。

たいていは早く行ったほうが準備をするか、いっしょにやることも多かった。

まひろ姉さん……珍しいな、夕飯の支度が終わってないなんて……。

不思議に思いながらも、今日はまひろと過ごす最後の夜である。

夕飯を特別なものにすべく、準備に余念がないのだろう。

小夜はそう思うと、地下蔵に向かった。


小さな祭壇があり、畳が敷いてある。

姉妹ふたりが朝晩の祈祷をするには、充分な広さだった。

静かに階段を降りてきた小夜は、辺りを見回した。
祭壇の近くには神に供える幣《ぬさ》があり、神棚の榊が青々としている。
いつも神聖な空気が流れている。
まひろ姉さんが来るまで、準備をしておこう。
子供の頃から、ずっと過ごしてきた聖なる場所だった。
心を込めて箒《ほうき》をかけ、水拭きをし、榊の水を替える。
バタンッ。
と、淡々と準備をしていたそのとき、いきなり戸が閉まったのだ。
「ええ!?　まさか……」
戸に近づき、開けようとするが鍵が閉まっていた。
こじ開けようと力を込めるが、彼女の力で開くようなものではない。
「小夜。あなたは生き抜くのよ……」
聞こえてきたのはまひろの声。そして、遠ざかっていくその足音。
「まひろ姉さん！　待って！」
このままにはしておけない。やがて満月が天に昇る。
山奥の生贄を捧げる祭壇へと、向かわなくてはならない。
ドンドン！

「お願い開けて！　まひろ姉さん！　まひろ姉さんてばっ！」

小夜が涙を浮かべながら、その手が真っ赤になるほど戸を叩いた。

だが、どれだけ声を上げても戸を叩いても、開くことはなかった。

なんてことを……きっと私の代わりに……。

くたりと小夜がしゃがみ込む。まひろが相当思い詰めていたのは知っていた。

ずっと自分の神通力のなさを責め、小夜に謝罪を繰り返していた。

小夜からすれば、そんなまひろの優しさが切なくもあり、自分が姉を苦しめているようにも思えた。

自分が身代わりになりたいと、幼少の頃から言い続けていた。だが、まさか自分を監禁してまで身代わりになろうとは……。

巫女服を着て薄衣を羽織れば、小夜を演じられるだろう。

満月と言えど、この暗がりで祭壇のある山に入れば、村人も確かめない。

まひろ姉さん……ああ……。

このままでは、まひろが生贄になってしまう。

神通力の高い巫女を選ぶというのはあくまでも村の因習でしかなく、妖魔からすれば、小夜とまひろのどちらが捧げられても同じといえる。

小夜は自分の心臓が高鳴っているのを感じた。額に汗が伝っている。

まひろ姉さん……っ、なにもかもわかって……私のために……っ。

一刻も早くここを出て、まひろを救いたい。その想いに、一切の迷いはなかった。

まひろ姉さんを助けなくちゃ。こうしちゃいられない！

小夜は立ち上がると、静かに息をついた。

歴代の巫女のなかでも、特別に神通力があると言われる小夜である。

「神よ。私に力をお授けください……はぁぁぁぁぁぁーーーっ!!」

小夜が両手を前へ伸ばした瞬間、光玉が飛び出したのだ。

戸にぶつかったが、鍵を外すまでには至らない。

「ふぅぅぅ……やっぱり、思った以上に頑丈だわ。一度ぐらいじゃビクともしない……」

小夜は再び大きく息をつくと、集中した。決して諦めない。愛する姉のために――。


夜も更け、満月が輝く頃――。

まひろは祭壇に横たわっていた。月明かりがやけに眩しい。

小夜……ごめんね。閉じ込めてしまって……。

地下蔵に小夜を監禁したまひろは、ひとり目的を完遂した。

小夜の予想どおり、彼女は薄衣を頭から羽織り、山に入った。

見張りはまひろを尾行し、山にまでついてきたが、そこで逃げ帰ってしまった。

恐怖もあるが、妖魔の瘴気に当てられたのだろう。

これでよかったのよ。小夜を犠牲になんてできない。

逡巡《しゅんじゅん》を重ねた上での決断だった。生贄に捧げられた巫女がどうなるのか、妖魔の性質上、想像はしていた。

だが、今のまひろに迷いはない。妹と村を救えるのだから、この命は惜しくない。

ホーホー。

フクロウの鳴き声が響くのに、びくりと肩が震える。

羽音が夜空に響く。いよいよ、丑三つ時が過ぎようとしていた。

しかし、静寂の時間が続き、妖魔が現れる様子はない。辺りに瘴気だけが渦巻いていた。

緊迫した空気が張り詰めている。こうして待つだけの時間は異様に長く感じた。

額を汗が伝い、背中のゾクゾクが止まらない。間違いなく、瘴気は強くなっていた。

妖魔はどこにいるの？

丑三つ時はとっくに過ぎてるというのに……。

時が満ちたはずだった。

汗が止まらない。背中にまで広がって——気がつくと、流れた汗が祭壇を伝ってポタポタと地面に落ちていた。

心臓がトクトクと高鳴っている。

汗の水音と心臓の音が、自分から発しているとは思えないほど、大きく聞こえた。

極度の緊張感のせいか……いや、違う。

これは自分の汗ではない。

思わず瞑《つむ》っていた目を見開き、まひろは悲鳴を上げた。

「ち、違うわ、これは……きゃあああーーーーっ！」

気づくとまひろは着物を引き剥がされ、触手に拘束されてしまっていた。

べっとりと濡れた触手は、器用にも柔肌をぬるぬると滑り、感触を楽しむようにまさぐっている。

「ひぃぃぃ⁉　こ、これが……っ、妖魔⁉　なんて……っ、力が強いの……っ⁉」

逃れようと肩をすくめ、足をばたつかせるが、ビクともしない。

まひろの躰に巻きついた触手は筋張っており、生温かい体液を常に垂らしている。

それらが肌に滴り、濡れたところが火照る。むずむずしてくすぐったい。

その感覚がこれまで味わったことのない甘やかなものであることに、驚いてしまった。

「んんっ、妖魔の粘液の……せいなの？　あ、ああ……っ、い、イヤああ‼　や、やめて……ち、乳首がジンジンする……っ」

豊満なまひろの乳房にも触手が巻きついており、柔らかさを弄ぶようにうねっていた。

先端の乳首を舌先のようなものが、ツンツンとつついている。

「あ、ああ……っ、な、舐めないで……っ、ひっ⁉　ふは、あぁぁぁ……っ」

まひろはつつかれるたびに、声を上げて背中をよじらせた。

ふたつの凶悪な触手が、まひろの処女穴に迫っていた。

「や、やめて！　そ、そこは……っ、来ないでぇぇーーーーッ！」

まひろはなんとか尻を浮かせ、逃れようとするが、触手は感じるところを熟知しているかのように入口を撫でてくる。

べったりと粘液に濡れた触手が、まだぴたりと閉じた処女穴をいじっていた。

「き、キモチ悪い……っ、さ、触らないでっ、イヤあああああ、あ、ああ……っ」

処女穴を撫で上げられ、まひろが喉を見せる。いつしか、花弁は濡れそぼっていた。

亀頭にも似た触手の先端が秘唇を撫で上げるたびに、水音が大きくなる。

「お、音を……っ、立てないでぇぇ……ネトネトイヤあ……あ、あああぁ……！」

まひろ自身は、触手から垂れた体液で膣口が濡れていると思っていた。

だが、実際は秘唇からも蜜液が溢れていた。柔かな乳房を揉まれ、内股や尻をまさぐられ、感じてしまったのだ。

妖魔の体液には媚薬効果もある。処女のまひろには耐えがたい責めだった。

「やめてぇぇ……ち、近づかないでぇぇ……イヤイヤイヤあああぁっ！」

ぢゅぷぅぅッ！

まひろが泣き叫んだそのとき、男性器を思わせる触手が彼女の女性器と肛門とを貫いた。硬い切っ先は、ズルズルと深いところにまで到達する。

あまりの衝撃にまひろは目を見開いたまま、硬直してしまった。下半身を刃物でズタズタにされたようだった。

「う、うぅぅ……っ、痛いぃぃぃぃ……っ!!」

子供の腕を思わせる太さのモノに処女穴とアヌスを同時に責め苛まれるのは、地獄の苦しみだった。

顔を苦痛に歪ませるまひろをよそに、触手はヌプヌプと二穴を掻き回す。

やがて動きはピストン運動となり、ふたつの触手が最奥地へ到達するたびに、まひろは背中を反らせた。

「あ、あふ……っ、い、イヤあぁぁ……奥にまで……っ、は、入り込まないでーーーーっ!」

極太の触手のおぞましさに、まひろは混乱する。

その間にも触手は処女穴とアヌスをぐいぐいと押し広げ、想像を絶する深みへ侵入してくる。

二穴はなおも濡れそぼり、触手の勢いはいよいよ増し、まひろをさらに恐怖のどん底へと追い詰めていく。

「ふたつも……っ、あ、ああ……っ、同時に……っ、ずぼずぼしないでぇぇ……ッッ!!」

妖魔は本能的に、雌を孕ませることを知っているようだった。

だが、こんなにも恐ろしく、凶悪で残忍だとは、まひろの想像を超えていた。

しかしそんな感慨に耽る間もなく、数えきれないほどの大小の触手が彼女の柔肌にまとわりつき、粘液を塗り込めてくる。

絶えず淫猥な水音が響き、そのたびに素肌はじんわりと熱を帯びていくようだった。

「お、お尻が焼けちゃうぅぅ、ああ、そんなところ……っ、ぬ、抜いてぇぇぇーー！」

まひろは気も狂わんばかりに泣き叫ぶ。

ふたつの穴を行き来する触手は、長大で重く、非常に硬い。

まひろが恐怖に怯えていても知らぬげに、雌のあらゆるところを堪能していた。

なかでもおぞましいのはアヌスが女性器同様に犯され、掻き回されている事実だ。

ああ、どうしてお尻になんて……っ、あそこと……同じみたいに突いてきて……火傷《やけど》したみたいにひりひりしちゃう！

想像しただけで失神しそうになる。

いや、いっそ、このまま気絶してしまいたい。舌を噛みちぎってしまいたい。

そんな衝動に駆られるが、絶えず触手が躰をいやらしく這い回っており、もはや顎にも力が入らない。

「イヤあああ……ゴリゴリしないで……っ、ああ、中でぇ……ひぃぃぃぃ⁉　ふ、ふたつの

あれが……擦れあってるぅぅ……っ」

これまで排泄器官としか思っていなかったアヌスを、ふたつの触手で処女穴同様に貫かれ、まひろは心身ともにズタズタに引き裂かれていた。

さらにおぞましいのは、知能があるとも思えない下等妖魔にもかかわらず、その触手の動きからはアヌスにも膣穴にも欲望を抱いていることが、はっきりと感じられることだ。乳房を揉み解し、太腿を撫でる触手には、はっきりとした雄の意思があった。

「や、やめてってば……っ、あひぃぃ!!　く、くすぐったいぃぃぃ、あああ……っ」

まひろが暴れるほど触手の締めつけは強固になり、脳が煮えるように熱くなる。

ただ突き上げられ、揉みくちゃにされ、視界はぼやけて意識は朦朧としていた。

「あ、あそこが……っ、広がっちゃうぅぅ……う、うぅぅ……っ！」

歯を食い縛り、触手から逃れようと手足を動かそうとするが、力は入らない。

躰中を這い回る触手が、粘着音を立てて響き渡る。

絶えず奏でられるいやらしい音が、まひろの耳を責め苛《さいな》んだ。

う、うぅぅ……っ、動けない……っ、これじゃ……されるがままじゃないぃ……ッ。

まひろは抵抗を続けた。どれだけ二穴に挿抜されようと、だらだらと蜜汁が垂れようと、諦めていなかった。

全身全霊で妖魔に抗った。しかし、鍛錬を積んだ巫女といえど、妖魔の前では単なる雌に過ぎなかった。

抵抗する様を楽しむかのように、妖魔はその躰を押さえ込み、乳首を舐め上げ、内股を撫で上げる。

「う、うぅぅ……に、逃げたいのに……っ、どうにも……ならないぃぃぃっ」

心はどれだけ抵抗しても、躰は思うようにはならない。

そのたびに敏感な乳首や淫核が、媚薬効果のある粘液を塗り重ねられ、ぴくぴくと跳ねてしまう。

いけないとわかっていても、どうすることもできない。

ま、負けないわ……っ、私だって巫女よ……っ、神に仕える身だから……っ！

まひろは目を白黒させながら、自分に芽生えた〝なにか〟を堪えていた。

それが快感であり、雌としての悦びだと本能の部分ではわかっていても、理性でそれを否定した。

……なにも感じないわ。そうよ……妖魔になんて……心までは穢せないのよ。

小夜との厳しい修行の日々を思い出す。

いつだって、小夜はまひろより優秀だった。

賢くて飲み込みがよくて、自慢の妹だった。

その妹とともに巫女として築き上げたプライドは、そう簡単に崩れない。

「うぅぅぅぅ……そうよ、私は……小夜といっしょに……厳しい修行を……あ、あぁ……」

しかし執拗に二穴を擦られ、その躰はがくりと弛緩してしまった。

裏腹に腹の奥が触手を受け入れ、締め上げていた。

そんなまひろの変化を妖魔は察知していた。ふたつの触手が子宮口を目指して、競いあうかのように突き進んでくる。

まひろの視界がぼやけてきた。その胸中では期待と不安が入り交じって、そんな自分に混乱していた。

ああ、痛みが……薄らいでるわ。気持ち悪くてしょうがなかったのに……？

唇がわなわなと震えていた。とうとう自分の変化に気づいてしまったのだ。

最初は二穴を貫かれ、触手に全身を撫で上げられ、失神するかと思うほどの苦痛だった。

肌に貼りつき、うねうねと蠢く触手を見るだけでもおぞましいのは今でも変わらないが、しかし躰の奥では快楽の炎が燃え上がっていた。

それは薪をくべられ続けているかのように、今も大きく燃え続けている。

「くぅぅぅっ……っ、んん！　あ、あぁ……ふは、あうぅ……ふぅぅぅぅ……ッッ」

引き攣っていた頬が緩む。声に甘やかな響きが滲み出す。

まひろが雌として、悦楽に悶え始めていた。

もちろん、妖魔はその変化を見逃さず、二穴の律動を強くしてきた。

「う……っ、んん、あそこが……グツグツ煮えるみたいぃぃ……っ」

顔を顰《しか》めようとしたまひろだが、その口はだらしなく半開きになってしまう。目も潤み、声はいよいよ甘やかになっていく。足先はピンと反り返り、細かく震えていた。もはやあらゆる躰の部分が快感に染まっている。

「あぁ、これ……止まらないぃぃぃっ、ああ、ダメぇぇ、ダメなのにぃぃぃぃ……っ」

嬌声が夜空に響き渡る。膣穴がぴくぴくとわななき、頭はがくりとうなだれて、口の端からは涎が垂れ落ち、そして手首はふらふらと所在なげに揺れていた。

「あ、あぁ……はぁぁ……わ……私の躰……っ、どうなっちゃったのぉぉっ⁉」

まひろの喘ぎ声に、妖魔が歓喜したかのように、その動きを速めた。

二穴の触手は顕著で、彼女が反応するところを集中的に責め立ててきた。

「い、今の……すごいぃぃぃ……っ、あぁぁぁ……頭が真っ白になりそうぅ……っ！」

何十という触手がひとつひとつ意志を持ったかのように蠢き、責め苛み、粘液の飛沫を上げる。

ぼやけた視界に、歓喜し、暴れる触手が入ってきた。

これまでは気持ちが悪くて、恐ろしい妖魔という印象しかなかったまひろだが、今やその感覚も変わりつつあった。

快感をくれる、素敵な生物。

「あ、あぁ……んん……っ、さっきの……ああ、私……どうなってるのぉぉ？」

がくがくと肢体を震わせ、彼女は半《なか》ば躰を宙に浮かせていた。

触手たちはその躰を抱え、乳房をこね上げ、内股を揉み、味わい尽くそうとしているかのようだ。

「さっきのが……カイカン……なのぉぉ？　そ、そんなぁぁ、私……っ、巫女なのにぃぃいい……ッッ‼」

神に仕える巫女は純潔でなくてはならない。穢れを知った躰では、神事は務まらない。

日々そう言われて、小夜もまひろも清らかさを貫いてきた。

だが、それは今、おぞましい怪物に無残にも散らされてしまった。

そしてついには、それに対する雌の悦楽の感情が芽生え始めていた。

抗いたい。自分は神に仕える身。

どれだけ自分に言い聞かせようとも、妖魔の力に呑まれていく。

「ああ、来ないでぇぇ……っ、いけないことなのに……っ、気持ちいいなんて……っ‼」

ついにまひろは、はっきりと自覚してしまった。

快楽を受け止め、愉悦を求めている自分を。

どれだけ堪えようにも、もう抑えきれない。

一度味わった至極の快感に、身も心も溺れつつあった。

「だ、ダメぇ……ダメって言ってるのにぃぃ!!　また……じわじわきちゃううぅ……!」

二穴の触手がそれを煽るように、蠕動に強弱をつける。また、亀頭の辺りは肥大して、凶悪な形を取りつつあった。

それが体内で蠢くたび、卑猥な水音が響き渡る。

「ああ、すごいぃぃぃぃ……すっごい力で……っ、がっちがちのがぁぁぁ……!!」

降参とばかりに、まひろが泣き叫んだそのときだった。

二穴の触手が大きく伸びて、最も深いところを責め立てたのだ。

がくんがくんと、まひろの背中が跳ねる。

「イヤあぁあ～～～～～～～～!!　ぬおおおぉぉぉぉぉぉぉぉーーーー!!」

と、彼女が絶頂寸前のところで。

どくんッ!

触手がその先端から、白濁を迸らせた。

直腸と膣穴が、煮え立つような熱感で覆われていく。

がくがくと顎が震えて歯が鳴ってしまう。

目がぐるぐる回ってしまい、呼吸もままならない。

「ドロドロが……あしょごにぃ……っ、いっぱいいぃ……躰中に……ッ!」

躰中にまとわりつく触手もまた、歓喜するようにビチビチと跳ねていた。

どくん！　どく！　どくく……ッ！

妖魔の粘液が溢れ、肌に付着する。

それは想像以上の熱を帯びており、躰中がブルブルと震えてしまう。

「ひ……っ、い、イヤあああ……っ、ち、力が……入らないぃぃぃ……」

もはや躰の自由は、完全に妖魔に奪われていた。愉悦が広がり、全身の毛穴が開く。

「はぁ、はぁぁ……でもぉぉ……はぁふぅぅぅ……負けてないわぁ、多分だけどぉ。気持ちよくて……どうにかなるまでは……いってないぃぃぃ……」

妖魔に犯され、悦楽を覚えている自分を、なおもまひろは認めまいとしていた。

絶頂寸前で堪えきった。

それでも一片だけ残った理性が、そう思い込もうとしていた。

「はぁぁ……はぁぁ……もう、いいでしょう？　満足……したのなら……!!」

しかしそのとき、ゆるゆると揺れていた触手たちの動きが、またも激しいものになった。

まるで獲物を油断させ、さらなる絶望を与えようというかのように。

またもふたつの触手がまひろの体内でぶつかりあい、淫らな音を立てる。

同時に子宮口が押し上げられ、躰が宙に浮くような感覚に襲われる。

「そ、そんなぁぁっ、一回じゃ……ま、まだ私を……ひぃぃぃぃ。そ、それもぉ……さっきより……すごいのぉぉーーっ！」

射精されてから、まひろの躰は、当初の何倍も敏感になっていた。

妖魔の精液には、体液以上に媚薬が含まれているのだろうか。

「やべで……っ、ああ……っ、こ、コレ以上……っ」

そもそも射精がこうも連続するという知識も、まひろにはなかった。

これ以上は耐えられそうにない。

まだ絶頂していないことが最後の砦だったが、それももう、陥落寸前だった。

「アァ……来るぅぅぅ、来ちゃうぅぅぅぅ……っ、なにこれぇぇ？　嫌なのにぃぃい、ふあ、ああああ……ひゃあああああ!!」

快感で頭がいっぱいになり、まひろの意識は既に遠退きつつあった。

本人は気づいていないが、乳首がひりつき、子宮も下がりつつあった。

どくん！

再び、触手たちが一斉に白濁を撒き散らす。

どく！　どくく……ッ！　どくんッ！

髪や頬、鼻梁から顎、胸元から腹、足に至るまで白い肌が白濁で穢される。

「ああ、これが……ゼッチョウなんらねぇぇ……頭……まっしろぉぉ…………っ！」

ついにまひろは絶頂を認めてしまった。

迸る愉悦に頬を緩ませながら、肢体を弛緩させる。

なおも触手がまひろを嬲り、そのたびに彼女の脊髄を愉悦の電流が疾《はし》って、躰は大きくわななないた。

「ぬああああ～～～～～っ!! 来たぁぁーーーー!!」

最高に甘美な瞬間だった。全身が粟立ち、目の前が真っ白になっていく。

もう、触手がもたらす絶頂の味を覚えてしまった。

射精は一度しかないものと思い込んでいたまひろだが、今やさらなる射精を求めていた。

「んんっ、ま、まだ……揺れ……てるぅぅぅぅ……はぁぁぁぁ……絶頂いいっ！」

そして欲望の留まるところを知らないのは妖魔も同じ。

まひろが絶頂に悶えて、悲鳴を上げ、気絶しても目が覚めても——そして白目を剥いて、舌を見せながらぐったりしても、触手は律動し続けた。

彼女も快感で、自分がわからなくなっていた。

消えそうな目が一瞬光る。動かなくなっていた指もまた、ぴくりと跳ねた。

消え入りそうな声が、その唇からぽつりと出た。

「小夜、生きて……」

絶頂の坩堝《るつぼ》のなか、微かに残った理性が、そんな言葉を言わしめた。

巫女として姉としての奇跡だった。

しかし——その躰は、今やちょっとした刺激で絶頂してしまう淫乱に成り果てた。

妖魔たちが、そんなまひろを解放することはなかった――。


日が昇る前には、雨は上がっていた。

巫女服姿の小夜が走っていた。片手には愛刀が握られている。

地下蔵に閉じ込められた小夜は、自身の神通力を使って、扉を突破した。

戸は頑強に封じられ、解錠しただけでは開かなかったが、奇跡的に力が発動したのだ。

山道を越え、水溜まりを避けながら、小夜はひたすら走る。

「はぁ……はぁぁぁ……」

まひろ姉さんっ、私を……そこまで……。

目指すは――祭壇だった。

まひろがどんな想いでこの数日過ごしてきたのか。

決死の覚悟で小夜を閉じ込め、妖魔が巣食う祭壇へ向かったときでさえ、まひろは揺るがなかった。

その決意を想い、小夜の頬から涙が伝った。

さっと手で拭う。泣いている場合ではない。

最も危険な目に遭っているのは、まひろに違いないのだから。

満月の夜が明けた今、まひろが無事な可能性は低い。だが、小夜は諦めていなかった。

鬼子村の因習なんて……最低よ！　まひろ姉さんを助けなくちゃ！

小夜は、ずっと村の因習に従うしかないと思っていた。だが、その気持ちは今百八十度変わっていた。

まひろを助けるためなら、この愛刀で戦ってみせる。

そして――妖魔を倒し、鬼子村の因習を断つ！

そのためには妖魔を統べる〝鬼王《きおう》〟を倒さなくてはならない。

鬼王は、鬼子村を囲む〝三つの山〟に巣食う〝三つの柱〟とされる妖魔に守護されている。

〝三つの柱〟は個々に守り玉を持っており、それを破壊しなくてはならない。

つまり、強力な妖魔三体を倒さなくては、鬼王は現れないのだ。

書物にそう記されているが、挑戦したものはいない。

〝三つの柱〟は非常に強く、姿を見た者はごく僅かとされている。

誰もできないのなら……私がやってみせる！

自分の刀は神に仕えるためのものであり、鍛え抜いた心身は、生贄になるためのものではない――それはいずれも、明るい未来のためにあるはずだ。

そう心に決めた小夜は、清々しい気分だった。

どうかまひろ姉さん、生き抜いて。私が今……助けに行くから……！

小夜は山を駆け抜け、ひたすら祭壇に向かった。

いよいよ——祭壇が見えてきたときだった。
小夜の足取りも軽くなる。これまで不思議なぐらいに、すんなりと進んできた。
まひろという生贄を得て、妖魔の怒りが収まったのだろうか？
だとすると、まひろの命は危ない。
自分の身代わりでそうなったと思うと、胸が締めつけられるようだった。
……ごめんなさい、まひろ姉さん……私がもっと……しっかりしてれば！
まひろを想うと、どうも心が揺れてしまう。
彼女は幼少の頃から、小夜を支え続けた大切な存在だったのだから。
そのまひろが今——。
と、そんな感傷に耽った瞬間。
〝ぐおおおぉーーーーー!!〟
突然、目の前に妖魔が現れた。
「きゃあーーっ!!」
不意打ちに面食らう間にも、草むらからは別の妖魔が飛び出してきた。
いずれも蚯蚓《みみず》を思わせる、触手の化け物だ。
普段の小夜なら、即座に斬り捨てたろう。しかし、今はまひろを想い、動揺していた。

飛び出した触手を避けきれず、吹っ飛んでしまった。

落ちたところは草むらだったために、ダメージは最小限に抑えられた。

しかし、小夜が吹き飛ぶほどの威力である。この妖魔たちは侮れない。

小夜は躰を丸めて、ぶるぶると震え出した。呼吸が乱れてしまい、起き上がれない。

瘴気が強くなっていた。肌身にビリビリとくる。

これまでの空気と違って妙に冷たくて、鳥肌が立ってしまう。

幼少の頃から、妖魔と戦っていた。しかし、それは下級妖魔相手でのこと。

せいぜい闇に潜んで食べ物を盗んだり、水辺に引きずり込むような、悪戯程度のことしかしない雑魚であった。

だが今、目の前に迫っている妖魔は、比較にならないほどの瘴気を放っていた。

〝おおおぉぉぉぉーーー!!〟

座り込む小夜に向かって、触手が突進してくる。幾重《いくえ》にも極太の触手が絡みあっていた。

「く……っ、こ、このままじゃ……やられる!!」

躰の痛みが痺れに変わり、小夜は思うように動けなかった。

だが歯を食い縛り、向かってくる触手を避ける。

草むらを転がりつつ、握った愛刀は決して放していない。

〝ぐおおおーーー!!〟

触手は小夜を見失わず、追撃してきた。

襲いくる触手を避けながら、小夜は真上に跳び上った！

小夜の刀は半円を描いて、妖魔に振り下ろされる。

〝ぐあぁぁ……〟

ボタボタと分断された妖魔が、地へと落下する。

「はぁ……はぁ……」

着地した小夜は、刀を構えたまま息を整えていた。瘴気は消えていない。

落下した触手は白い煙を吐きながら、ドロドロに溶けていったが――まだ触手はほとんどが残っており、わらわらと中空を漂っていた。

〝オオオォォーーーー‼〟

すかさず、触手が襲いかかってくる。

「くぅぅ⁉　こんなに……」

ゆらゆらと中空を漂いながら、触手の塊が左右から襲ってきたのだ。

小夜は跳び上がり、刀を大きく振り上げる。

〝ぐひぃぃぃ……〟

小夜は妖魔を一刀した。太くて醜い触手が落下する。

地面に落ちた触手はビチビチと跳ねるが、徐々に白い煙を吹き出して消えていった。

「まだまだ……っ、フッ！」

跳び上がり、襲いかかってくる触手を両断する。神の如く、素早い刀さばきだった。

妖魔の血が辺りに吹き出していく。

小夜は返り血を拭いながら、走り続ける。襲ってくる触手を斬りつけ、落下した塊を避けながら。

小夜は逃げ回っているように見えるが、目には光が灯っていた。

はぁ、はぁ……この数じゃ、いつか私が捕まってしまう。いったい、妖魔はどこから現れるの？

小夜は目を凝らし、辺りを凝視した。触手がいつまでも減らないことが気になったのだ。

たったひとりで戦う小夜と、複数で挑んでくる妖魔では、勝敗は歴然だった。

「……見つけた‼」

空を見つめていた小夜が、ふいに跳び上がる。

そしていきなり、なにもない宙空へと刀を振り上げたのだ。

「……祓《はら》い賜《たま》え、清《きよ》め賜《たま》え……はぁーーーーーっ!!」

刀を振り下ろした空間が、ブシュリと血を吹き出した。

半円の傷から、血が噴水のように吹き出し、辺りをドス黒い緑に染めていく。

小夜が肩で息をしながら、着地する。

神通力を駆使した結果、小夜には妖魔の出入り口とも言うべき場所が見えた。

そこを斬りつけて封印したのだ。

〝ぐおおおおおおーーーー!!〟

ハッとした小夜が顔を上げる。逃げ道を失った触手たちが、一斉に飛びかかってきた!

「大軍だけど……後はこの妖魔を倒せばっ!」

小夜が刀を構える。触手は一斉に襲ってくるかと思いきや、四方八方に散っていた。

ついさっきのように、大勢の触手が絡みあって一直線に向かってくるような単純な攻撃ではないようだ。

一瞬、視界が暗くなり、小夜が伏せる。

「これはいったい……なっ!?」

顔を上げると、触手の群れが視界を包み込むように向かってきたのだ。

一面に大小様々な触手が広がり、小夜へと集中する。
逃げ場がない。ここを切り抜けるには――。
小夜は真上に跳び上がり、触手が絡まりあい作られた肉壁を突き破った。
ボトボトとちぎれた触手が落下していく。
すさまじい勢いで跳び上がった小夜は、刀を振り上げ、神が宿る速度で突いていた。
……行ける。このまま、貫けば！
キラリと光が差し、太陽が見える。突き破れば、小夜にも勝機があるだろう。
後少し――小夜が刃先をひねったそのとき！
「あぁあぁぁーーーーっ!!」
小夜の足先に絡んだ触手が、彼女の跳躍を阻んだのだ。
触手はさらに伸び、弄ぶように小夜の躰に巻きついてくる。
このままでは、地面に叩きつけられ、命を落とすだろう。
ああ、まひろ姉さん……私……もう！
覚悟を決めて、目をぎゅっと閉じたときだった。
ふわりと足が宙に浮いた。
躰中に巻きついた触手が、彼女を宙に持ち上げていたのだ。
逃げ出そうにも触手の締め上げがきつく、ギリギリと喰い込んでくる。

「や、やめ……っ、あ、脚……っ、開かないでぇーー、ふあああぁ～～！」

急に視界が眩しくなり、小夜はとっさに近づいてきたものを掴んでいた。

グチュリと嫌な音が響く。握ったものがやけに熱い。

「ええっ⁉　しょ、触手じゃないっ、い、イヤあああ、来ないでぇぇぇぇ」

小夜はぎょっとしながらも、触手――とも、ペニスともつかぬそれを必死に掴んで押し返した。

しかし、どれだけ力を入れても、粘液で滑って手放しそうになる。

「ん……っ、うぅぅ……っ、うなぎみたいに……っ、ぬるぬるがああ……っ！」

だが、小夜が抵抗すべき相手は、この触手だけではなかった。

大きな乳房の間には、べったりと触手が貼りついていた。グニグニと柔らかさを楽しむように豊満な胸を揉んでくる。

自身の躰を見ると、たくさんの触手が、わらわらと這い回っている。

触手は粘液をまとっており、それを躰になすりつけてくる。その感触はおぞましくて、背すじが凍りそうなほどだった。

「ひぃぃっ⁉　も、揉まないでぇ……あ、あぁぁ……動かないでってば……っ‼」

引き剥がそうとするが、振れると手が滑ってしまう。

形も大きさも違う触手たちは、どれも全体に隆起があり、筋張っていた。

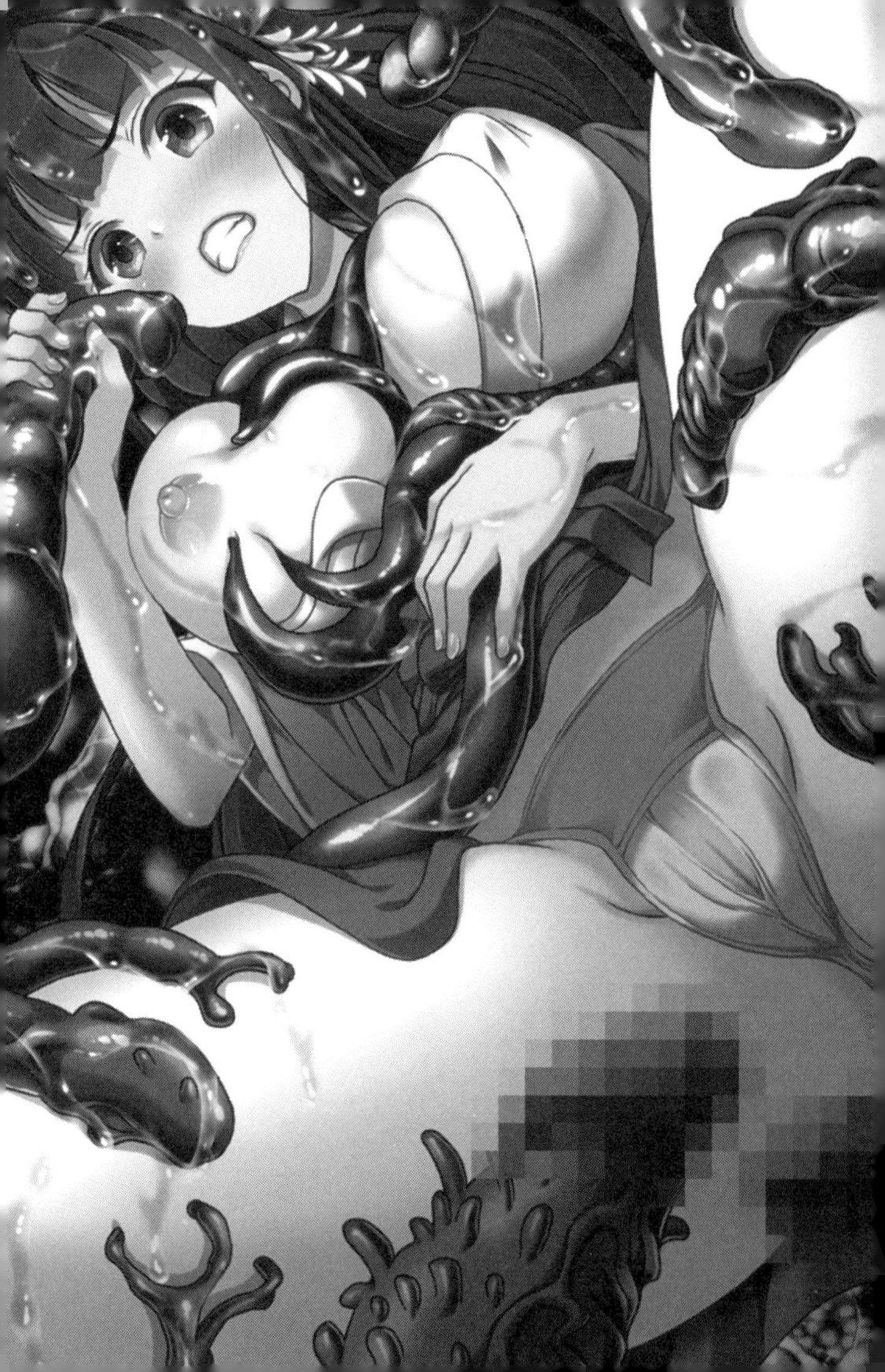

それらが熱い粘液を零して、小夜の真っ白い肌を犯してくる。

「あ、ああ……っ！　い、イヤあ……っ、太腿がぁぁ……ぬるぬる気持ち悪い……っ」

振動が内腿から伝わってくる。いかにも雌の柔らかさに興奮した揉み方だった。

「うぅぅ……なんて力が……っ、強いのよぉ……っ」

ギリギリと歯噛みする小夜だが、ふとおぞましい感触を覚え、自身の陰部を見た。

触手の中でもひと際丸く硬いものがそこを這っていた。

「ひぃぃい……っ、わ、私の……大事なところを狙ってくるなんてっ、ダメぇぇっ！」

妖魔が雌をどうするか、何故、若い娘ばかりが狙われるのかを、小夜は知っていた。

それは――孕ませるためだと。

鬼子村の妖魔たちは、総じて雌と見れば孕ませようと暴力さえも厭《いと》わない。やりすぎて絶命させても、痛む良心もない。

妖魔の子を宿した話も、酔った村人から聞いたことがある。気の狂った娘が、自害したと記された書物もあった。

「い、イヤぁあ！　や、やめてぇぇーーーっ！　あ、あ、あああぁぁーーーッッ!!」

小夜が上半身をくねらせるが、触手でがっちりと押さえ込まれて、まともに動けない。

「ひぃぃいい、い……っ、つぅぅーーーっ！」

と、とたんに処女穴に、強烈な痛みを感じる。誰にも許していないそこに、触手が入り込んでいたのだ。

触手は破瓜の血を悦んで浴びるように、ビチビチと跳ねる。そのため処女膜は無残にも一瞬で破れてしまった。

処女穴は非常に狭く、極太の触手が自由に律動できるほどの空間はない。

にもかかわらず、触手はそこを無理矢理押し広げ、粘膜を蹂躙していた。

触手が揺れるたびに膣穴を広げられ、粘液が流れ込んでくる感触に、たまらない嫌悪感を覚える。

「あ、あうぅぅ！　あそこが……っ、ズタズタになっちゃうぅぅ！」

出血している処女膜の辺りから、ジンジンと鋭い痛みが疾《はし》った。

硬い触手に乱暴に擦られ、傷口がずきずきと脈動する。

「抜いてっ!?　ひぃぃいぃ、あ、あ、ああ……っ、動かないでよぉぉーーーーっ！」

どれだけ泣いても叫んでも、妖魔には通じない。

嫌がろうがわめこうが、処女穴の狭さやぬめりを味わい、自由自在に律動するのみだ。

逃げ出そうにも、握っていたはずの愛刀がない。

刀さえあれば、触手の群れなど斬り捨てられるのに。

さっきまで握ってたから……そう遠くには行ってないはず。

でも！　ああ、くらくらしちゃう……ッ。

乳首をつつかれるたびに、残された理性の欠片《かけら》までが潰えそうになる。

小夜は不屈の精神で快感を抑え込み、愛刀を探した。集中すべきはそれだけだ。

だが、そこら中に触手がうねっており、視界がままならない。

目を凝らすが、邪魔するように子宮口に密着した触手が、やわやわと押し上げてくる。

想像以上にソフトなその愛撫で、思わず小夜は劣情を催してしまった。

「ひぃぃ、くっつかないでぇぇぇ……深いとこばっかぁ、はぁ、はぁ、はぅぅ〜〜〜っ！」

処女穴を行き来する触手の先端が、子宮口を責め立てる。小夜の下半身が弾みで持ち上がった。

小夜が熱い疼きを感じるたびに、彼女の髪や胸が小さく跳ねる。

「あ、ああ……っ、そ、そこばかりぃぃぃ……っ、やめてぇぇぇ……っ！」

小夜は歯をガチガチ鳴らしながら、与えられる快楽を懸命に堪えた。

膣穴を律動する触手には執念がこもっている。

抜けそうなところまで引くと、一気にズンと最奥地へ押し込んでくるという執拗な責め。

重い衝撃を加えられるたび、小夜は背中を反らしてしまう。

気がつくと、小夜は触手が揺れるのとあわせるかのように、吐息を漏らしていた。

目を細めながら快楽を享受している自分に気づき、彼女はおずおずと自身の膣穴を見つめた。

痛々しくも破瓜の血が流れているが、痛みはなかった。

自身の処女穴で、触手が躍動感のある律動を繰り出しているのがわかる。

ひくひくと膣口が揺れ、美味しいものを食べる唇のように涎を零し、あむあむと咀嚼《そしゃく》している。

初めて見る自身の結合部分に、自分の浅ましさを突きつけられたかのようだ。

小夜は驚愕し、ブルブルと首を左右に振った。

「う、嘘……っ、こ、こんなの……っ、信じられない……っ！」

と、その瞬間、熱い欲望がせり上がり、小夜は白い喉を見せ、腰を浮かせる。

「はぁぁ……はぁ……うぅぅっ！　ドロドロして……気持ち悪いぃぃぃッ！」

聞こえる鈍い水音にも、素肌に走る熱感にも、たまらない甘美さを感じてしまう。

歪むほど乳房をこねられ、先端を引っ張られ、触手の触れた部分全てに意識がいってしまう。

触手たちもまた、小夜の変化を察知していた。

彼女が雌として快感を受け入れ始めていることを。

極太の触手が、ひねるように膣奥へと突き込んでくる。

「はうぅぅ！　や、やべで……っ、速くしないで……っ、くはっ、あぁぁ～～～！」

これまでとは本気度が違っていた。

切っ先がひと回り膨張している。

「あしょこ……っ、がばがばになっちゃうぅぅぅ、ダメぇぇーーーっ！」

小夜が顎を震わせながら、許しを乞う。

本能的に触手がなにをしようとしているか、想像できてしまった。

触手たちが躰中を揺さぶってくる。粘液と愛液が垂れて、地面にまで届いていた。

「イヤあああ！　放して！　な、中に……っ、出さないでよ……っ、それだけはぁぁッ！」

小夜が嬌声を上げたとき。

びゅくんッ！

触手が子種汁を撒き散らした。

「あ、あぁぁ……あっついのがぁぁ……な、中で……っ、はぁぁぁ……はぁぁ……ッ」

びゅく！　びゅくん！　びゅくぅぅ……っ。

小夜は膣内へと熱い精液が注がれるのを実感していた。

これまでさんざん、乳房や膣口辺りを撫でられ、凌辱されてきた。

恐怖と嫌悪と複雑な気持ちに苛まれ、限界を超えていた精神は、中出しまでされたと思った瞬間、ぽきりと折れてしまった。

「う、うぅぅ……妖魔に……種つけられて……あぁ……最低……最悪ぅぅ……っ」

躰の外も膣奥も、あますところなく妖魔に弄ばれてしまった。

放たれた精液はいまだに熱湯のように沸き立ち、彼女の肉体を責め立てていた。

小夜の処女を奪っただけではなく、受胎した可能性もある。

妖魔の生殖能力は非常に高い。雄としての欲望も強く、無限に射精できるとも聞く。

「う……っ、うぅぅぅ、赤ちゃんが……できちゃう。い、イヤぁ……っ！」

小夜が目を潤ませて荒く呼吸する。熱くて心地よくて、恍惚としていた。

麻薬を打たれたような、鮮烈な愉悦が脊髄を駆け上がり、脳を揺さぶっていた。

「よ、妖魔の……触手の……子が……できちゃうぅぅ……っ、だ、ダメぇ……ッッ!!」

快感に呑まれそうになっても、中出しされた事実は彼女の理性へと重くのしかかる。

今も腹の中で妖魔の子が育っていると思うと、恐怖が止まらない。

白濁は子宮を蝕《むしば》み、弱りかけている心までも追い込んでいた。

ふいに脳裏に鬼子村伝説が過《よぎ》る。神隠しにあって妊娠した女の子の記録があった。

腹の膨らみ方が異様に速く、人のように十月十日ではなく、僅か数日だったという。

「う……っ、げほげほ!!　げほげほ……っ、うぅぅ……ゴフ……っ」

小夜は吐きそうになった弾みで、むせてしまった。

同じように自分が孕み、腹が膨らむと思うと、えづいてしまった。

鳥肌が沸き立つ。辺りには、妖魔の白濁の悪臭が漂っていた。

「気持ち……悪いぃ……私のお腹で……妖魔の赤ちゃんが育つ……イヤあああ……!!」

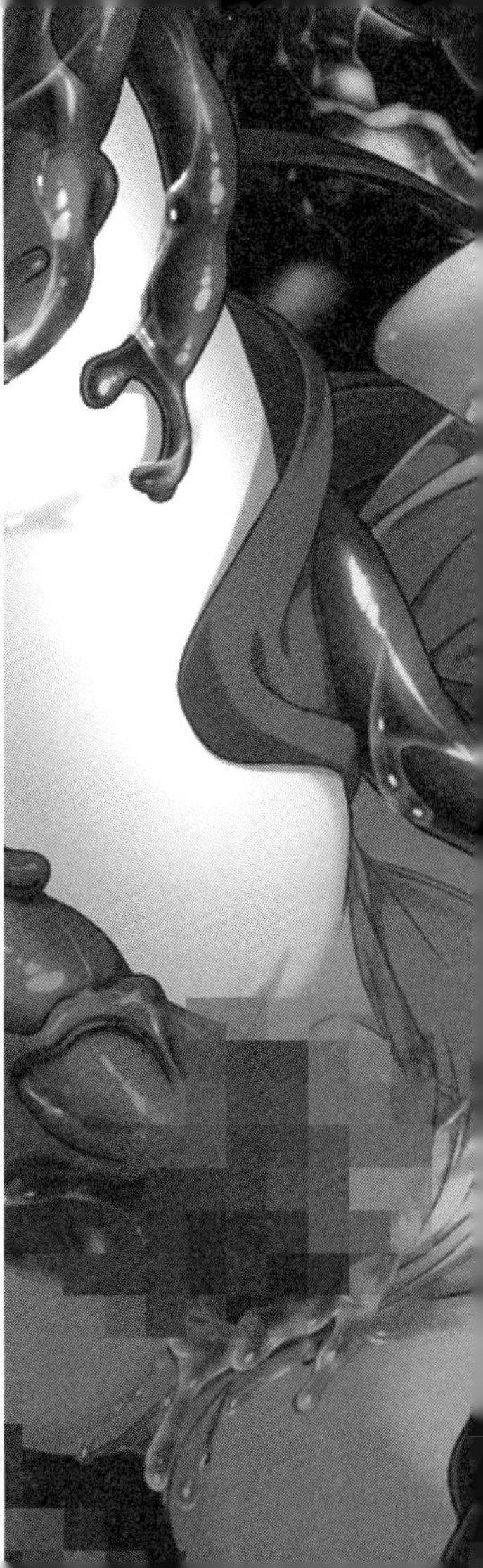

神に仕える巫女としてのプライドが、ガラガラと音を立てて崩れていく。

肢体を震わせると、素肌には貼りついて粘液の塊になった白濁が、プルプルとゼリーのように揺れた。

「また……動いてるぅぅ……っ、も、もう……っ、やめてよぉぉ……っ！」

小夜が恐怖に両肩をすくめても、触手はまた膣穴を突き上げ始めた。

先ほど放たれた白濁をビシャビシャと溢れさせながら、嬉しげに律動している。

最初の射精で滑りがよくなっているのだろう、まるでリズムを刻むかのように、膣穴のデコボコや敏感な入口付近などを、丹念に擦っていった。

「や、やめてぇぇぇ！　あぁ……さっきよりぃぃ……っ、すごいぃぃーー！」

小夜は朦朧としながらも、自身の感度がさらに上がっていることを感じていた。

乳首に触手が触れるだけで、喜悦の声を上げたくなるほどの快感があった。

勃起した淫核も、何倍もの大きさに膨れ上がっている気がした。

「こ、これって……精液で……敏感に……っ、なっちゃってるのぉぉぉ？」

その想像どおり、妖魔の精液は、粘液の何倍もの媚薬効果があった。

それを膣穴から吸収したがため、媚薬の効果で、皮膚をそよ風が撫でただけで快感を覚えてしまうようだった。

「止まらないぃぃぃ……っ、う、うぅぅ……っ」

触手が膣穴を無遠慮に行き来する。小夜の弱いところを的確に責め立てていた。

このままだと心まで妖魔に犯され、自分を見失うだろう。

小夜は自分を支配しようとする愉悦に、恐怖すら覚えた。

感じてなんてない！　気持ちの悪い妖魔になんか……っ、ただ精液のせいで……頭がふらつくだけよ。ああ、しっかりしなくちゃっ！

気を強く持とうとする小夜の心を、触手の細かい律動が蹂躙する。

「あ、あああーーー！　力が……入らないぃぃ……っ、背骨がなくなったみたいぃぃぃ！」

首が据わらず、強い振動に持っていかれて、頭がフラフラになってしまう。

触手の動きも精液も想像以上に、小夜の心身を掻き乱していた。

長い髪がサラサラと跳ねる。浮遊感のため、意識が混濁してしまう。

視界がぼやけて思考が止まりそうになるが、触手が挿抜される痛みに、かろうじて我に返る。

「だ、ダメ……もう出さないでぇぇ……い、イヤあああぁぁぁぁっ！」

残る力を振り絞り、触手を解こうとするが、媚薬を浴びた躰では抵抗できなかった。

と、そうする間にも律動する触手が最奥に向かって、細かく突き込んできた。

「二度も……っ、無理いぃいぃ……イヤイヤあああぁぁぁ〜〜〜〜っ！」

小夜が目を飛び出さんばかりに驚愕する。

と、その次の瞬間。

びゅくんっ！

またも彼女の膣内《なか》で、精が放たれた。

「い、イヤあああ……こ、この……感じぃぃ……ドロドロの子種……流れてくる……っ」

びゅく！　びゅく！　びゅくぅぅ……っ！

小夜は目をぎゅっと閉じて、子宮を犯される屈辱に耐えた。

自身が妖魔に犯され、孕むためだけの雌にされようとしている事実に。

手足がブラブラになるほど、力が抜けていた。

「ああ、二度も……こ、こんなにたくさん……っ、あ、あそこに……う、うぅぅ……っ」

与えられた快感に、意識はおぼろげになり、全身が脱力しきっていた。

逃げ出したい。妖魔など、斬り捨ててしまいたい。

そうは思っても視界は揺らぎ、思考も途切れ途切れで続かない。

「ああ、まだ……触手が……うねうね……してるぅぅ……」

二度続けて放精したはずだが、膣穴の触手は変わらず、ゴリゴリとした頑なさを保ったまま、彼女の性器を突き上げてくる。

小夜の乳房もまたバルンバルンと、ゴムボールのように跳ね続けていた。

興奮と忍耐と葛藤が止まらない。

巫女として女として、様々なものが踏みにじられてしまった。

今にも気絶してしまいたい。なにもかも忘れて、快楽に身を委ねてしまいたい。

執拗に膣穴を刺激され、小夜は自分を見失いそうになっていた。

「こ、こんな目に……遭ったのは……友だちも……まひろ……姉さんも……っ」

ふいにまひろの笑顔が浮かんでくる。

姉もまた、小夜のために生贄になり、妖魔に処女を奪われ、泣き叫ぼうが気絶しようが子種汁をぶちまけられたに違いない。

「はぁぁぁ……はぁぁぁ……祓い……賜え……つふぅぅ！　清め……ああっ！」

祓い言葉を唱えれば、力がみなぎってくる。この触手から逃げられるかもしれない。

壊れかけた小夜を支えるのは、やはり巫女としての誇りだった。

しかし、長時間にも及ぶ凌辱が、想像以上に小夜を蝕んでいる。

「祓い……賜……え、はうぅぅぅっ！　子宮ぅぅ……ボンボンしないれぇぇぇ……」

呂律《ろれつ》が回らず、つい快楽に屈しそうになる。触手の責めも、まったく緩んでいなかった。

内腿の振動が心地よくて、肢体が宙に浮いているようだった。

ふいにまた、愉悦に身を委ねそうになる。

負けない……どれだけ感じてしまっても……自分を失いそうになっても……。

ギリギリと唇を噛む。血が滲みそうなほど噛み締めて、正気を取り戻そうとする。

なにしろ触手の軽い律動でも感じてしまうほどに、感度が上がったままなのだ。

「まひろ……姉さん……っ、ああ、村の……女の子たちも……家族も……みんな……っ」

崇高な魂の下《もと》、小夜はここへやってきた。全ては鬼子村の因習を断ち切るためだった。

ここで妖魔に襲われ、よがって堕落するのは本望ではない。

そうよ……私は巫女よ。神に仕える身。この神通力は、妖魔を倒すために授かったのよ！

俯き、ブツブツとなにかをつぶやいていた小夜が、ゆっくりと顔を上げる。

紅潮した頬と潤んだ目には歓喜が滲んでいたが、なんとか振り切ろうとしていた。

「祓い賜え……っ、清め賜え……神よ。私に力をお授けください！　はぁぁーーーーっ！」

小夜の重ねた両手から、強い光が放たれた！

〝ぐひぃいいいぃ……〟

それに触れた触手が分断され、中空へと散っていく。

〝うおおおぉぉ～～～～……〟

ちぎれた触手が暴れ、血が飛び散っていく。

今のうちに！

小夜は触手たちが絡みあい、混乱している隙に戒めから脱出した。

愛刀を見つけて拾い上げ、よろけながらも駆け出す。

胸が熱い想いでいっぱいだった。

ひとまずピンチは乗り越えたようだ。

だが、小夜の心の――そして、躰の傷は大きい。

ああ、ついに処女をなくしてしまった……でも、神通力は消えていない。

そうよ。汚い言葉は言ってないわ。私の心までは誰も穢せないのよ！

汚い言葉を言わずに乗りきった。巫女として神通力を保つためにも、決して穢れに触れてはならない。

それだけは死守しなくては――神に仕える巫女なのだから。

小夜は改めて自分にそう言い聞かせると、静かに歩き出した。

小夜は〝一の山〟を目指していた。

最も蟲や苔が多いとされている山だ。

鬼王を倒すためには〝三つの山の三つの柱〟を倒さなくてはならない。

それは鬼王を守護し、王に匹敵するほどの強い妖魔たちだった。

見つけなくては……まひろ姉さんを。

愛刀を握る手に力がこもる。

今にもまひろがどこかで凌辱され、危険な目に遭っているかもしれない。

小夜がされたように妖魔たちに襲われ、踏みにじられ、恐怖に震える。想像するだけで胸が痛かった。

つい、さっきまでのことが頭に浮かんでしまう。

大量の白濁を浴びて、いいようにされてしまった。

膣穴にズボズボと触手が入り込み、悪臭を放つ白濁を放たれた。

まひろが同じ目に遭ってもおかしくない。

私は妖魔になど、いいようにされない。なにがあっても巫女としての魂は穢れないわ。そしてそれは、まひろ姉さんだって同じ……。

固く信じ、歩を進めるうちにも水の流れる音が聞こえてきた。

見れば岩肌を、清流が流れていた。

静かに近づいて手を伸ばす。

水の冷たさが小夜を慰める。

辺りを見回すと、瘴気はなかった。妖魔も近くにいないだろう。

小夜は立ち上がると、静かに着物を脱いだ。

滝に躰を打たせ、汗を洗い流す。

妖魔に襲われ、激しい凌辱に遭った跡を綺麗にしたかった。

今も自分の躰には、妖魔の子が宿っているかもしれない。

想像するだけで吐き気がしてくる。妖魔の粘液や、子種汁を浴びてしまった。

触れると躰が思い出してしまう。

ジンジンと熱くなる乳首、勃起してしまった小さな豆のような淫核。

そこに手を伸ばすと躰が熱くなり、頬が火照ってしまい、我に返る。

……気のせいよ。

そう……妖魔に襲われたから、あのいやらしい媚薬のような体液がまだ残って……。

妖魔の子を宿したくない。
小夜の細い指が陰唇に触れる。この中にまだ、妖魔の精液が残っているかもしれない。
おそるおそる人差し指を入れる。ぐりぐりと関節を曲げて、中を探った。
次第に肩の震えが強くなってくる。
「く……っ、んん、あ、あ、あぁぁ……」
妖魔の子など、産みたくない。巫女の自分にあってはならないことだった。
そのためにも指を増やし、膣奥に第一関節を届かせて、白濁を掻き出す。
小夜の躰がわななくたび、バシャバシャと小さな水音が響いた。
腰が淫らにくねり、呼吸が荒くなる。
「はぁぁ……はぁぁ……。んん！　くふ、うぅぅ……っ」
人差し指が艶《なま》めかしく蠢く。
白濁を掻き出しているはずが、指先はいつしか、膣奥の敏感なところを探っていた。
手首までが雌汁で濡れ、陰唇が大きく開く。
「くふ!?　んーーーーっ!!」
思わず、くたりと水面にしゃがみ込むと、水の冷たさで平常心が戻った。
私、今……なにをしてたんだろう？　妖魔の精液を掻き出すはずだったのに……っ。
つい指先が膣内を行き来し、硬くなった淫核をも愛撫していた。

無意識で自慰行為をしていたことに愕然となり、罪悪感に苛《さいな》まれる。

自らの欲望のために、陰部を指先でいじってしまった。小夜は大きく溜息をつくと、顔を上げた。

きっと、妖魔のせいよ。精液の媚薬が残ってたんだわ……だから……。

小夜は自分にそう言い聞かせると、水面に身を浸した。

冷たい水を被って汚れた躰を清めつつ、村での生活をふと、追想する。

鬼子村は山に囲まれた小さな農村である。

人々は田畑を耕し、生計を立てている。

そのため里山には足を踏み入れても、妖魔が巣喰う奥深いところまでは来ない。

もっともここは蟲や苔が多い地域であり、子供の昆虫採集には適していた。

よく虫取りに来た子供たちが、この辺りにまで入り込んで怒られてたっけ……。

好奇心旺盛な子供が、カブトムシを探して迷い込んでは両親に叱られていた。

そんな日常的な舞台だったはずだが……歩くたびに瘴気が強くなっている。

「――――――っ⁉」

ふと気配を感じた。

小夜を尾行する〝なにか〟がいた。

こちらが歩けば一定の距離を保ちながら追ってくる。走れば、同じように走って追ってくる。
不思議なのは足音がしないことだ。
宙に浮いてるんだろうか――。
妖魔には人と同じように歩行もすれば、空中を漂うものもいる。
なかには高速での移動や、空間を瞬間移動するものもいると聞く。
今、まさに小夜を狙っている妖魔はどういうタイプか？
大して害のない妖魔ならばよいが、感じられる瘴気は桁違いだった。
かなり大きいわ。空中をフラフラしてる？　飛空タイプのようだけど……。
考えていた小夜の頬を、ふいに微風がかすめる。
跳び上がり、振り向きざまに斬りかかるが、手応えがなかった。
「そんなっ⁉　い、今……妖魔を斬ったはずなのにっ⁉」
小夜が辺りを見回したときだった。
「ああーーーーっ⁉」
躰中に細い糸のようなものが巻きつき、地面へと引き倒された。
懸命に藻掻《もが》くが、巻きついた糸は非常に硬くて、はだけた柔肌に喰い込んでしまう。
これ以上暴れたら肌を分断しそうなほど、頑強だった。
気がつくと、全身に糸が絡みついて揉みくちゃにされていた。

巫女服が脱げて、細い糸が柔肌へと喰い込んでくる。

「んっ⁉　くぅぅぅぅーー、は、放してっ！　つふっ、外れないぃぃぃぃっ！」

懸命に肩を揺らすが、動けば動くほど糸はギリギリと肉に喰い込んでいった。

尖ったものが乳房や腕に当たっている。皮膚を喰い破りそうなほど鋭い。

「放してぇぇぇっ、うぅぅぅ……っ、なんて硬い糸なのぉぉっ！」

自分を拘束する糸や、乳房をつつく尖ったものを見てみると、複数のそれは妖魔が吐いたものだった。

糸を出し、鋭い爪で肌をつついてくる焦げ茶の妖魔。小夜は心当たりがあった。

「まさか……蜘蛛⁉　くは、あ、あぁぁ〜〜〜〜イヤあああ……っ！」

ぴたりと閉じた小夜の陰唇に、その蜘蛛の赤黒い肉棒が迫っていた。

「い、イヤあああ！　挿れないでぇぇぇっ！　そんなにおっきいもの……無理……っ」

小夜の控え目な陰裂と比較して、どう考えても入りそうにないサイズだった。

しかしその蜘蛛ははっきりと意志を持つように、陰唇を押し広げながら亀頭を擦りつけてくる。

「挿れないでったら……っ、う、うぅぅ……そ、そんなもの……っ、やめてぇぇぇ‼」

小夜の悲鳴も虚しく、雌穴にヌプリと妖魔の男根が挿入されてしまった。

子供の腕ほどもあるそれで、膣穴は埋まってしまう。

「な、なにこれっ⁇　くは、あ、あぁぁぁぁ……はうっ⁉」

膣穴を掻き分けて、その重量級のペニスが内部を摩擦する。

「い、イヤあぁ……っ、ぴったり……くっついてくるみたいぃぃっ‼」

男根が膣壁を軽く擦り上げただけで、小夜の脳に快感が沸き立つ。

そのボリュームに見あわぬ繊細さで、感じやすいところをほどよく擦っては離れて、焦らしてくる。

なに？　この妖魔のアレ……形が……変わってるというか……山が……いくつもある？

そのせいで……ああ、あそこがじわってなっちゃうぅ……。

そう、妖魔のペニスにはいくつもの瘤があった。

それがもたらす愉悦に、しかし小夜は必死で抗った。

どれだけ強がろうと、躰を穢されようと、鋼の意志は変わらない。巫女として清らかな魂は永遠である。

男根が抽挿され、だらだらと雌汁を吐く様が見える。それでも快感は認めなかった。

そうよ。私は神に仕える身。妖魔に犯され、感じて、いやらしい顔を見せるのも、声を上げるのも……どれも耐えられないわっ！

尖った爪がチクチクと乳房や太腿に突き刺さる。いつ皮膚を喰い破ってもおかしくない。

妖魔が本気になれば、彼女を簡単に八つ裂きにできるだろう。

「ふぁ、あああ……っ、丸いのが……ああ……っ、つ、連なっててぇぇ……っ」

小夜が喉を見せながら、足をバタバタと揺らす。

妖魔の男根は団子のように球状のものが連なって形成されており、それが彼女の膣内《なか》で自在にくねり、互いがぶつかりあっていた。

濡れきった膣内で、いくつものボールが跳ね回っているに等しい。

敏感な子宮口を、コツコツとつつくように丸い先っぽがぶつかっている。

「あ、ああ……っ、だ、ダメぇぇぇ……そこぉぉ……深いとこ……っ！」

膣奥を愛撫されるたびに増してしまう快感を、小夜は懸命に抑え込もうとした。

肩を揺らし、頭を振りながらも、ぐっと唇を引き締める。

派手に動くと、乳房や下腹部にある蜘蛛の爪が皮膚を喰い破るかもしれない。快感に翻弄されながらも、そこにも注意を払わなくてならなかった。

「や、やめ……っ、ふぁ、あああ……っ、突き刺さっちゃううぅ……ッ」

ペニスは膣穴でごろごろと転がりながら、リズムが素早いものに変わっていた。

単純に直線的に突き込むだけでも、でっぱりが膣壁を程よく刺激してくる。

逆に引くときは、球状のものがぶつかりあいながらも、粘膜を優しく削いでいく。

これ……入るときも抜けるときも……全然感じが違う。すごすぎて……腰が抜けちゃいそうになる！

小夜はその変化のある刺激に、疼きを堪えきれないでいた。

拘束されていなければ、大きく躰を震わせていたところだろう。

「これ……だ、ダメぇぇぇ……っ、中で……ボッコンボッコンするぅぅ、ふあああ、子宮まで……っ、押し上がるぅぅぅ……ッ」

小夜の目は血走り、歯がガタガタと鳴っていた。

しかしそれでも、与えられた感覚を、快感とは認められずにいた。

球が連なる男根は、子宮口もGスポットも、緩やかに擦ってくる。

そのたびに口元は緩み、涎が溢れ出す。

自分でも気づかないまま、卑猥な表情になっていた。

快感を振りきるように、ぎゅっと目を瞑《つむ》る。

気持ちの悪い蜘蛛の妖魔になど、いいようにされたくない。

そこだけは譲れない。強い意志と巫女の誇りがある。

あそこを中からぐらぐら揺さぶる感じ……ああ、ダメ……意識が途切れちゃう。感じたくないのに……っ。

膣奥と淫核とを刺激されるその甘美さに、小夜は意識が飛びそうになっていた。

雌穴から溢れ出る蜜汁は止まる気配がなく、漏らしているかのようだ。

妖魔もまた、ぐっしょり濡れた雌穴と、快感に身悶えわななく小夜に興奮しているのか、抽挿にますます熱がこもっていった。

「ぬおおおぉぉ!? 中がまた……っ、ぶわってでっかくなってるぅぅ……ッ!」

肉竿がいよいよ、ぷっくりと膨らみ出す。それは、射精の前兆のようだ。

あまりの振動に小夜の口は開閉し、肩が不自然に上下していた。

「またれっかくなって……やべれ……っ、止まってーーーー!」

小夜が折れそうなほどに背を反らせた瞬間。

どくんッ!

男根は熱くたぎった欲望を放出した。

どくくッ! どくん! どくく……ッ!

吐き出すたびに肉竿が跳ねる。ねっとりとした白濁が、子宮内へ注がれていった。

「あぁ……っ、あしょこが……ジュンジュンしちゃって……お腹燃えるぅぅぅ……ッッ!」

精液がやけに熱く、腰から下が湯に浸かったように心地よい。

射精のたび、蜘蛛の爪先は痙攣したように肌に喰い込んでくる。

小夜の内腿もまたビクビクと震えていた。

蕩けた表情も震える手足も、快感の証に他ならない。

いまだに膣穴に突き刺さる男根は、白濁を吐き出しながら、まだわなないている。

小夜はゆるゆると首を横に振った。

「か、感じてなんて……ないんだから……っ、私は絶対妖魔に……負けたりしないぃッ！」

しかしそんな言葉を嘲笑《あざわら》うように、妖魔がまた抽挿を開始する。

それはいきなり高速になり、膣壁全体をあますことなく擦り出す。

蜘蛛の妖魔が人語を発するわけではないが、小夜はテレパシーめいたものを感じていた。

〝ただの生贄めが〟〝チンポに感じてるくせに〟

〝マンコ濡らした淫乱雌豚め〟〝さぞチンポが気持ちいいんだろう？〟

呪いのように妖魔の言葉が、頭の中に浮かび、責め苛《さいな》む。

「イヤあああああーーー!?　淫乱雌豚じゃないぃぃ！　違うぅぅぅ……違う違うっ！」

泣き叫ぶ小夜だが、突き上げは激しくなるばかりだった。

これまで多彩に責め立てられてきたが、それでも心までは売り渡していないと自分に言い聞かせていた。

妖魔になんて屈しない。負けない。

私は身も心も穢れていない――。

しかしその葛藤のため、小夜はパニックに陥っていた。

媚薬のせいにしたいが、膣奥がぎゅっと締めつけられて、だらりと口が緩んでしまう。

「感じたくないのにぃぃぃ……勝手になっちゃうぅぅ、イヤあああぁぁ……っ」

球の連なる極太の男根に、火が出るほど擦られ、パタリと力が抜けてしまった。

「感じてないんだからぁぁ……っ、ゴロンゴロンしないでよぉぉぉ……っ、だ、だって私いぃいぃ……巫女なのぉぉ……っ！」

しかしその抵抗も虚しく、いよいよ妖魔の抽挿は激しさを増し、そして。

どくぅ……ッ！

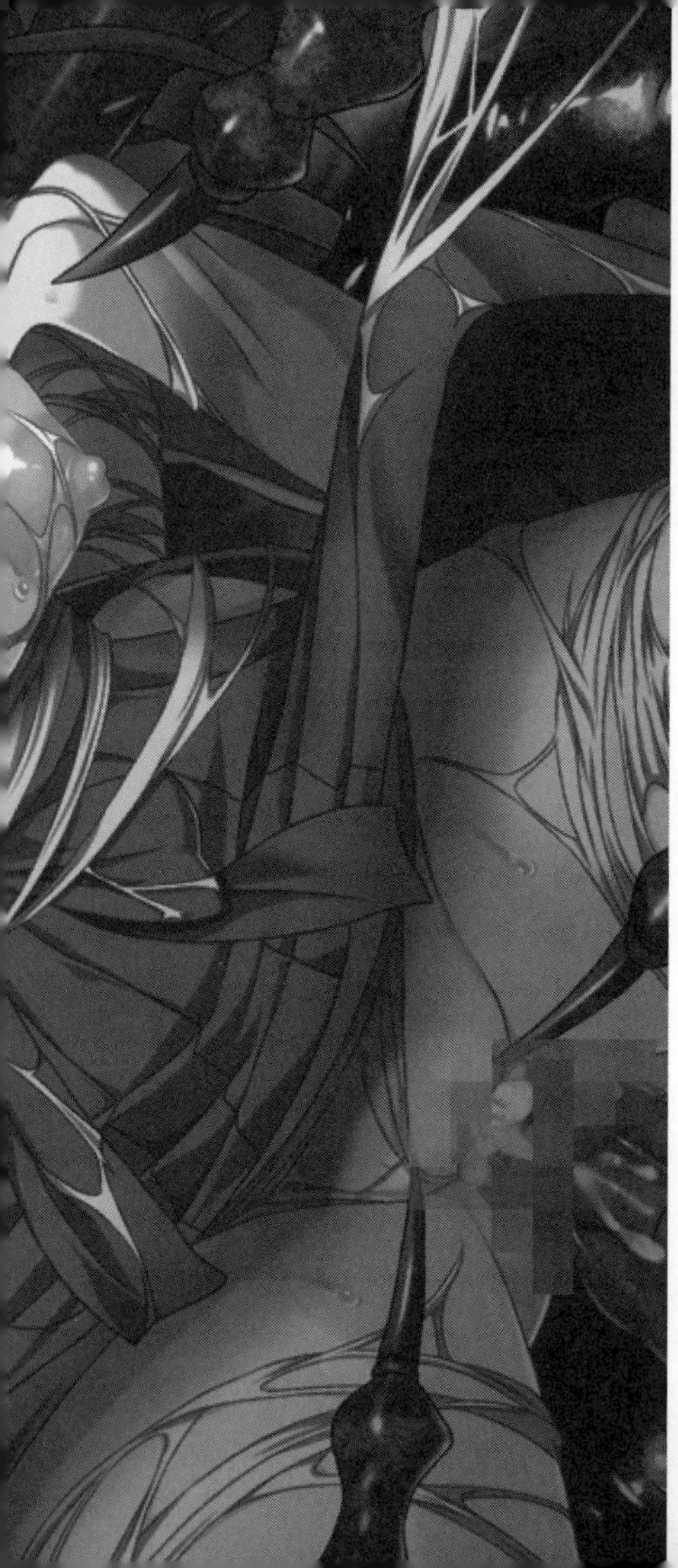

次の瞬間、彼女の中で精が撃ち出された。

「もうダメぇぇぇっ！　真っ白になるぅぅぅ……ああ、止めてーーーー⁉　やめてよぉぉおっ、な、なんとも……ないんだってぇぇーっ！」

どくぅ！　どく！　どくんッ！

妖魔の精が吐き出される音が体内に響く。

何度聞いても、この音と射精の熱感は屈辱でしかなかった。

「あ、あぁぁ……もう……入りきらないのに……っ、また精液を……あぁぁぁ……っ」

二度目の放精であっても、子種汁の爆発的な量は最初と変わらない。

どくく……ッ！

終わったかと思いきや、ペニスがまたも白濁を撒き散らす。最初ほどの勢いはないが、それでも彼女の膣内《なか》から溢れ出すだけの量があった。

小夜が腹にぐっと力を込めて、放たれた白濁を腹筋で排出しようとする。

「こ、こんなものぉぉ……っ、押し出して……っ、んんっ、はうぅぅ……っ」

躰に少しも白濁を残したくないと、踏ん張るように膣穴を締める。

男根がその刺激でびくんと跳ねた。

小夜はぐっと唇を噛み締めて、白濁を押し出し続けた。

今すぐこんなものをひねり潰してしまいたい。

これ以上、精液で感じたくなかった。
だが男根は小夜の締め上げに歓喜して、ゆらゆらと動き出した。
しかしそれは、彼女にとっては千載一遇のチャンスだった。
「今なら……っ!? くぅーーー!!」
今一度意識を集中させ、小夜は両手から閃光を放ったのだ。
神通力を使った、聖なる攻撃だった。
鋭く尖った爪の一部が落下していく。
〝ぐおおおぉぉぉぉぉ！〟
蜘蛛の妖魔はドス黒い血を飛沫《しぶ》かせながら、狂ったように暴れている。
その隙を突いて、小夜は素早く着物を整えると、愛刀を手にする。
ドス黒い血を噴き、悶絶する妖魔を斬り裂いた。
〝ぐぁ……あ……あぁぁぁ……〟
分断した脚がボタボタと地へと転がる。
それでも蜘蛛はまだなおボロボロの躰で小夜に接近しようとして、そこで力尽きた。
その巨体は白い煙を上げ、まるで大気に溶けるように消えてしまう。
その瞬間、刀を構えていた小夜も、その場へと頽《くずお》れた。
「はぁぁぁぁ……はぁぁぁぁ……倒したけど……守り玉が……ない」

となると、今の妖魔は〝一の柱〟ではないことになる。

ピンと張り詰めていた空気が壊れる。

ここまでの酷い凌辱を受けた小夜は、本来歩くのもやっとという状況だった。

勝利を確信したとたんに、脱力してしまったのだ。

股間の辺りにまだ、白濁がまとわりついており、男根の感覚があった。

ようやく人心地ついた小夜が溜息をつく。

……ふぅぅぅ。汚い言葉を言わずに済んでよかった。そうよ、私は負けない。まひろ姉さんを……村を助けるために！

汚い言葉を口にしない。小夜の強い意志は守られた。

どれだけ犯されても、心までは穢さない。神に仕える巫女の誇りだった。

――しばしその場に佇み、小夜は自分の躰が回復するのを待った。

木陰に腰を下ろし、野苺を摘まんで喉を潤し、空いた腹を満たす。

その間にも、自分の躰を踏みにじった妖魔たちのことが、どうしても脳裏に浮かんでしまう。

野苺がポトリと手から落ちる。手指に力が入らなかった。

これまでの壮絶な凌辱が、脳裏に浮かんでは消えていく。

小夜は野苺を口にしながら、これをまひろとふたりで食べたことを思い出した。真っ赤に熟れていて、渇きを癒やしてくれた。まひろはいつも側にいてくれた。苦楽をともにしたたったひとりの家族だった。

……まひろ姉さんを探さなくちゃ。神通力も戻ったし……。

小夜は軽く目を閉じ、集中した。全神経が研ぎ澄まされる。

辺りには瘴気が漂い、渦巻いている。それも時間の経過とともに強くなっているようだ。きっと妖魔が山々を徘徊しているのだろう。

それらをかぎわけ、まひろの気配だけを辿っていく。

小夜を想い、犠牲になった心優しいまひろ。長い髪も笑顔も、手料理も忘れていない。まひろ姉さん。私が助け出すわ。だから……教えて？　今どこにいるの？

顔を上げ、静かに歩き出す。妖魔の気配を感じ、愛刀をしっかり握りしめながら。

ゆっくり歩こうと努めるものの、まひろが近いと思うとついつい足早になる。

今すぐ助けたい。無事だろうか？　怪我は？

想いが溢れ、平静ではおれない。

と、そのとき、ぴたりと小夜の足が止まった。

もう近いはず……だけど、まひろ姉さんの気配といっしょに……妖魔も？

瘴気とまひろの気配が入り交じっていた。これがなにを意味するか、小夜は想像できてしまう。
まひろが妖魔に襲われたのだろう。それでも無事でいてくれればいいが——。
小夜は静かに愛刀を構えると、ゆっくりと歩を進める。
もう影も形もないかもしれない。小夜のよく知るまひろではなくなっているかも。
どうしても悪いほうにばかり想像してしまう。
……まひろ姉さん。例えどうなってようと私が助けるわ。だから……安心して。
と、ふわりと宙に草葉が舞い上がる。口元を引き締めた小夜が、跳び上がった。
しかし、刀を振り上げたところで止まり、着地する。
辺りを強い風が吹きつけていた。小夜の髪がサラサラ流される。
「……まひろ姉さんじゃない」
ぽつりとつぶやくと、刀を握ったまま、ある一点に向かっていく。
草むらを掻き分け、静かに進んだ先には——。
「ひぃぃぃ⁉ や、やめでぇぇぇ……来ないでぇぇぇぇぇ……」
少女が触手にまみれて、泣き叫んでいた。
脚を大きく開かされており、淫穴にはズブズブと触手が行き来している。
それも今始まった話ではない。陰部から雌汁が大量に垂れていた。
「……瞳⁉」

小夜はその娘《こ》のことをよく知っていた。神隠しに遭っていた村娘のひとりだ。ちことまこの姉であり、小夜の同級生だ。

「あ、あゔぁぁ……あしょこ……っ、ぐちゃぐちゃ……っ、やめてぇぇぇ……イヤあぁあ、あ、あ、あぁ〜〜っ！」

「瞳待って！　い、今……助けるからっ」

小夜が刀を構えて、巻きついた触手を斬ろうとするが、彼女が動き回るために狙いが定まらない。

その間も淫穴の触手が、鈍い音を立てている。

雌汁がビシャビシャと飛び散り、瞳は顔を顰《しか》めて腰をくねらせた。

早く助けないと命はもちろん、女の子の一番大切なところまで……射精される前になんとかしなくちゃ。どうか間にあって……。

気ばかり焦るが、やはり瞳が動き回るせいで狙いが定まらない。

「あひぃぃぃぃぃ〜〜〜〜〜⁉」

小夜が迷う間にも、瞳は白目を見せながら悶絶し、荒い呼吸を繰り返していた。

コントロールが利かないのだろう。自分がどこでどうなっているのかも、目の前に小夜がいることも、理解できていない。

「こうなったら……ふっ！」

小夜が刀を構える。失敗は許されない。

真っ直ぐ触手を突いた！

「しまった！　斬れないじゃないっ」

刀は触手を斬るまでにはいかず、傷をつける程度だった。

「く……っ、次こそ！」

小夜が刀を突き刺そうとした瞬間、淫穴に入り込んでいた触手がずっぽりと抜けた。

自分の腕ほどのものを入れられていた瞳の穴はぽっかりと空き、紅鮭色の粘膜を覗かせている。

「はぁぁ……はぁぁ……は、外れた‼　よかった……まだ……射精されてなかったのね」

小夜が安堵する。触手に中出しされる恐怖は、よく知っていた。

自分が自分でなくなり、妖魔の赤ん坊が育っていると思うと、気もふれんばかりだろう。

しばし瞳は呆然としていたが、ようやく我に返り、辺りを見回した。

「あれぇぇ？　あしょこから……っ、んーーー、なんか……れてくるぅぅぅ……っ」

小夜は驚愕のあまり、口元を押さえた。瞳の膣穴から、ドロドロと夥《おびただ》しい量の精液が流れ出したのだ。

既に中出しされた後だったのだ。

これだけは防ぎたかった。助けたかった。

妖魔の子供を宿したかもしれない恐怖が、瞳を襲ってしまう。

「あ、ああ、瞳……」

言葉が出ない。絶対避けたい事態に陥ってしまった。

「ひんっ、また……入ってきたぁぁぁ、あ、あああ……っ、いきなり全部ぅぅぅ……っ」

小夜の失意を突いて、触手はまたも膣穴へと襲いかかった。

いきなり高速で、膣口から最も深いところへとガツガツと突き込んでいる。

瞳は唐突な抽挿に躰をしならせ、叫んだ。

「あそこがぐわんぐわんすりゅぅぅ、なにこれぇぇ……気持ち悪いバケモノ……っ」

まだ朦朧とした意識のなか、瞳は自分の躰に巻きつく触手に恐れおののく。

細い触手は勃起した乳首へとまとわりつき、そして陰唇を左右から押し開く。

「瞳！　瞳、しっかりしてー！　ああ、早く……斬りたいのにっ！」

相変わらず、触手も瞳も動き回っていて、刀が使えない。

瞳はショックのあまり、小夜の呼びかけが聞こえていなかった。

目を潤ませ、ぼんやりしながら尻を左右に振っている。

そして、急にぴたりと動きを止めて目を見開いた。

「触手に……処女奪われるなんて……こ、こんなの……っ、信じられないぃぃぃ……っ、ああ、酷い夢だよぉ。早く覚めてぇぇぇ……」

鬼子村に生まれた娘は、たいていが妖魔に遭わないよう、教育されていた。

百年に一度の伝説についても、同様に言い聞かせられて育った。

だが、妖魔の凌辱がここまで熾烈《しれつ》を極めるとは、想像を超えていた。

瞳も気が動転して現実が受け入れられないようだ。

「お母さーん……お父さーん……起こしてよぉぉ……っ、あ、あぁぁ……ちこぉぉ……まこぉぉ……ん……助けてぇぇぇぇ……」

「瞳！　瞳！　私がわかる？　小夜よ。助けに来たのよっ！」

「ひぃぃぃぃぃ⁉」

瞳が小夜を認めた瞬間、大仰に怯え出す。今にも舌を噛んでしまいそうなほど、震えていた。

小夜が近づくほど、瞳の恐怖は昂《たか》ぶるようだ。

「妖魔……っ、妖魔来ないでよーーー！　巫女の妖魔……あ、あぁ……恨んでるんでしょ……っ、生贄に……っ、なったから……っ」

「違うわ、瞳……っ、本物よ？　妖魔じゃない。友だちの小夜よ！　小さい頃から、知ってるわ。つい、最近だって学校で話したじゃない」

ふたりはノートの貸し借りをしたり、弁当のオカズを交換したりと仲睦まじかった。

妹のちことまこととも親しかった。学校へ通う生徒同士、楽しく過ごしていた。

朦朧《もうろう》としていた瞳の、そのつぶらな双眸《そうぼう》に小夜が映し出された。

長い黒髪。巫女服。優しげな表情。全てが瞳のよく知る小夜だった。

「小夜……？」

淀んだ目に次第に理性の火が灯る。首を振ると、真っ直ぐ小夜を見据えた。

「ひぃぃぃ!?　さ、小夜……っ、化けて出て来たのね……っ、ご、ごめんなさい……小夜ひとりに……重荷をぉぉーー!!」

瞳が腰をくねらせて喘ぎ声を上げる。

しかしその瞬間。

触手の先端が、またも精を放った。

どくぅッツ！

「あっひゃぁぁ……っ、もうらめぇぇぇ……すっごいのぉぉ……超気持ちいいぃぃぃ!!」

とたんに怯え声が、嬌声へと変わる。

子宮を押し上げられ、乳首をひねられ、それらに歓喜して微笑すら浮かべていた。

「瞳!?　大丈夫よ。大丈夫だから……っ、今……助けるから！」

小夜は刀を構えるが、瞳のわななきはいっそう激しくなり、より狙いにくくなっていた。

慎重に斬らなくては、彼女もまた一刀両断してしまうだろう。

涎を垂らしながら、手足を思いっきりつっぱらせる瞳。

「ぶっ飛ぶぅぅぅ……乳首がチリチリしちゃって……おっぱい感じちゃうのぉぉぉ……っ」

瞳は躰中を巡る愉悦を堪能していた。触手の微妙な動きも、ランダムな振動も、彼女を興奮させる一方だ。

「瞳っ⁉　お願い、目を覚まして‼」

　このままでは、妖魔に心を持っていかれてしまう。

触手がもたらす快感の中毒になり、絶頂と快感だけを求める淫乱に成り果てるだろう。

小夜がブルブルと首を振る。瞳をそんな目に遭わせるわけにはいかない。

再び刀を構えるが、瞳の乱れようは尋常ではない。絶頂に次ぐ絶頂でさらに動きが激しくなっていた。

「ひゃあああぁぁ……らめらめぇぇぇ……っ、壊れちゃうぅぅぅ……っ、すごいぃぃぃぃ、も、もう……っ、これって……絶頂らよぉぉーーー！」

白濁を放たれ、瞳は歓喜していた。これだけの数の触手に拘束され、中出しをされれば放心して当然だろう。

　強い媚薬を塗りつけられ、子宮内でも重ねて吐き出され、劣情で頭が塗り変えられていた。

「こうなったら……一か八かよっ！」

小夜が覚悟を決める。もう、目の前で悶絶する瞳を見てはいられない。

まひろのように、鬼子村の犠牲にしたくない。

刀が瞳の躰の周囲を一閃する。

と、巻きついていた触手から、黒い血が噴き出した。ビクビクと跳ねていたが、徐々に動かなくなっていく。

瞳の動きのパターンを読み、妖魔を確実に倒しつつも、傷つけない一撃を加えたのだ。

「瞳……っ、瞳、もう大丈夫よ……っ」

「ゼェェ……ゼェェ……ごめんなさいいいぃぃ。おとうさんおかあさん……ちこまこぉぉお
ねえちゃんは淫乱になっちゃったぁ……」

小夜がまた、刀を構えようとしたときだった。

突然、触手が瞳を覆ってしまったのだ。

「瞳!? あああ……っ」

やがて空間に亀裂ができて、瞳も触手もそこへと吸い込まれていった。

「ふふ……ふふ……気持ちいいぃぃ……っ、んふふ……ふふふ……ご機嫌ならよぉぉ♪」

歓喜の声を上げつつ、瞳は姿を消していく。

「まひろは……うぅぅ、鬼王に……さらわれて……」

瞳の最後の言葉と同時に、ぴたりと空間が閉じてしまった。

「ああ……瞳……」

小夜ががくりと膝を突く。助けられなかった。

まさか、空間に取り込まれるとは思わなかった。妖魔の力を読みきれなかった。

涙が零れてくる。小夜はそれを拭いながら、息を整えた。

そして静かに祓い言葉を唱えた。瞳の心が安らぐように。

それにしても、瞳の最後の言葉――妖魔に心奪われながらも、小夜にせめてまひろのことを伝えようとしたのか――。

「ん？　これは……」

フワフワと赤い布きれが舞い落ちてきたのだ。

それはまひろの着ていた袴だ。色味や布地から考えて、間違いない。

小夜はそれを胸に抱きしめる。

涙が溢れるのを堪え、小夜は立ち上がり、再び山道を歩き出した。

〝鬼王〟の二文字が、頭の中にこびりついていた。

おそらく瞳は、まひろが鬼王に連れ去られるところを見かけたのだろう。

それで切れ端を握っていたに違いない。

「……まひろ姉さん」

手の中の赤い布を力強く握りしめる。

巫女服を引き裂かれ、乱暴された跡とも考えられる。

ブルブルと首を横に振る。まひろのつらい姿ばかりを想像してしまう。

まひろ姉さんの気配を辿れるはず……この巫女服の欠片《かけら》に出会えたのだから……。

この布を握っていれば、まひろの気配を捉えることはより容易になるはず。

深呼吸をして集中する。風の匂い。木漏れ日。当然、最も強いのは瘴気だった。

しかしそんななかからまひろの気を感じ、小夜は引かれるように歩き出した。

今度こそ、まひろ本人を探し出したい。


辺りが陰ってくる。夜は妖魔にとって、活発になる時間だった。

深い森に包まれたこの辺りは、瘴気が立ちこめている。

ふいに気配を感じ、小夜は思わず振り返った。

「……小夜」

「まひろ姉さん！」

そこにはまひろが微笑を浮かべていた。柔和だが、どこか悲しみが滲んだ表情。

小夜が駆け寄ろうとすると、しかしまひろはさっと身を翻した。

「まひろ姉さん⁉　ずっと探してたんだよ？　私のために生贄になって……それで……」

静かにまひろが後ずさっていく。小夜を避けているかのようだ。

小夜が近づくほど、首を横に振り、拒絶する。

言葉は交わさなくても、まひろがなにか秘めているのはわかった。

「う……っ、うぅぅ、小夜……」

まひろが涙を浮かべる。

「ひっく……うぅぅ……っ、んんっ、うぅぅ……」

　嗚咽するまひろに、小夜のほうも落涙してしまう。

「もう泣かないで。私……誓ったのよ。鬼子村の因習を断ち切るって。どんな敵だろうと、この刀で倒してみせるわ」

　携えた愛刀を掲げる。修行を積み、刀を振り、鍛錬に励んできた。

　これまでも妖魔と戦い、幾多の危機を乗り越えてきた。神通力も冴えている。

「……小夜」

　涙で潤んだまひろが手を伸ばす。小夜もまたゆっくりと近づき、その手を取ろうとした。

　力ない指先が届こうとした、その瞬間――。

〝キシャアアアーーーーーーッ!!〟

　まひろは妖魔と化し、襲いかかってきたのだ。

　とっさに避けそこねた小夜は、一撃を食らって吹っ飛んだ！

　ドン!!

　運よく、落ちた場所は草むらだった。ダメージが少ない。

　素早く立ち上がって、斬りかかる。

「外したっ!?　くぅぅーーー！」

　まずは小手調べのはずだったが、想像以上に簡単にかわされてしまった。

罠だったのか……。
そんな失意を狙うかのように、その昆虫めいた妖魔が、鋭い爪を振り下ろしてきた！
深々と地面に突き刺さる。目にも止まらぬ速さだった。
「あぁぁーーっ⁉　な、なんて鋭いの⁉　か、髪が……ん⁉」
頬をかすめた爪が小夜の黒髪を僅かに切り取り、ハラハラと宙に舞い散らせた。
この爪を一撃でも食らったら、小夜の細い躰など真っぷたつになってしまうだろう。
〝キシャアァァァーーーーー！〟
小夜は眉間にシワを寄せながら、延々と迫ってくる爪を避け続けた。
刀で爪を防ぐたび、硬質な音が響く。
防戦一方だった。調子に乗った妖魔はどんどん迫ってくる。
逃げ回る小夜を、完全に雑魚扱いしていた。猫がネズミを追い回すようだ。
これは……相当に強い！　おそらく〝一の柱〟だわ！
小夜は確信した。とうとう出会えた。三つの柱の一体に。
緊張感が走る。絶対に負けられない。
妖魔の体力はあり余っている。反して攻撃を避け続けても、消耗するだけだ。
〝キシャアァァァーー‼　ぐおおおぉぅ‼〟
畳みかけるような猛攻が止まらない。

蟲の妖魔だけあって、単純な攻撃一辺倒ではあった。
なんて速度、パワーなの……っ、狙いも正確。まるで……機械みたい！
激しく斬りつけられ、小夜は刀さばきだけで防いでいた。
足元が一歩ずれれば、切られてしまうだろう。じりじりと距離が縮んでくる。
〝グオオオ！〟
「くっっ⁉ 疲れ知らずにもほどがあるわっ、ん……っ、ううぅぅっ！」
絶え間なく雨のように斬りかかられ、小夜の表情も険しくなってくる。
「はぁ、はぁ……ん⁉」
責められて後退し続けていたが、気がつくと背後は巨木だった。もはや猶予はない。
この猛攻から、反撃に転じるためには神通力で弱点を探すしかない。
応戦しながらも、息を吸い込み、敵を睨んだ。
「目だわ！」
閃きを得て、小夜の表情が変わる。勝算を得た顔つきだった。
この爪の嵐の中でも、弱点の目を突けば勝機はある。
〝グヒィィィィイッ‼〟
好機とばかりに、小夜が斬り込んだ！
刀を大きく振り上げて、妖魔の目を狙う。

〝ピギャァァーーーーー!!〟

妖魔が悲鳴じみた声を上げる。小夜の刀が両目を一文字に斬り、ドス黒い血が吹き出していた。その視界は己の血で、赤黒く染まっているだろう。

〝ぐおおおおおっ!!〟

視界を阻まれ、めちゃくちゃに鋭い爪を振り回している。

殺気だった攻撃は速度があるが、しょせんは見えない目で、適当に斬っているだけに過ぎない。

そんなものに当たるはずもなく、小夜は確実に攻撃を避けては距離を計っていく。

ついに跳び上がると――袈裟懸けに蟲の妖魔を斬りつけた!

妖魔は悲鳴を上げる間もなく、躰をふたつに裂かれて、倒れてしまった。

分断された躰の一部は、もうもうと白煙を上げて雲散している。

「……ふうぅ」

ひと息つくと、刀についた血を布で拭い、鞘に収める。

額の汗を拭いながら、妖魔の最後を見届けた。

そこには小さな玉があったのだ。守り玉だった。

小夜が両手を重ねて、光を放つ。

守り玉が割れて、粉々になって消えた。

辺りに立ちこめていた強い瘴気が、徐々に晴れていく。

山全体の空気が、入れ替わったように澄んでいった。

小夜が大きく息をつく。新鮮な山の空気だった。

やはり、今の妖魔は〝一の柱〟だったんだわ。

〝三つの柱〟全てを倒して〝守り玉〟を破棄する。鬼王を倒すためには、着実に歩む必要があった。

鬼子村伝説は、この鬼王の怒りを買ったために起きたのが発端だと聞く。

以来、百年に一度生贄を捧げて、定期的に怒りを収めていた。

小夜は胸を去来する様々な感情を抑えた。複雑な思いが止まらない。

そして――汚い言葉を使っていない自分にほっとする。それだけは譲れなかった。

巫女としてのプライドは、守られたのだ。

小夜は静かに歩き出した。

二の柱　怪異・物の怪編

もう〝二の山〟に入ってだいぶ経った。

ここは〝三つの山〟の中でも、怪異が最も多いとされていた。

昔から伝わる怪談や妖怪、都市伝説に近い話が多く伝わっている。

鬼子村で生まれ育った小夜にとって、よく知ったいわくつきの場所だった。

——妖魔に襲われるから、山深くに行ってはダメよ。

——暗くなる前に必ず、二の山から降りるのよ。

——妖魔が怒るから、山を汚してはいけない。

——妖魔に遭ったら隠れるのよ。

そんな言葉をかけられて育つのが、鬼子村の子供たちにとって当然だった。

巫女に生まれた小夜も、同じように言われて育った。

基本的に妖魔は村で悪さはしない。いわゆる雑魚にあたる妖魔がいたずらをする程度だ。

百年に一度の生贄によって、守られているからだった。

でも……今は妖魔があちこちにいる。まひろ姉さんが生贄になっていれば、そろそろいなくなる頃だわ……。
今も小夜が妖魔に襲われている理由は、まひろがまだ生きてるからだろうか？
それとも、鬼王の狙いは神通力の高い小夜か？
とにかく今は〝二の柱〟を探そう。もちろん、まひろ姉さんの無事を祈りながら。
まひろを助けて、鬼子村の因習を断つ。小夜の目的にぶれはなかった。
〝……メッ〟
と、小夜は立ち止まった。女の声が聞こえた気がした。
気のせいだろうか？　さわさわと樹々が揺れて、小さな声を掻き消してしまう。
辺りを見回しながら、声の主を探す。
まひろだったら、神通力でわかるはず。しかし、そうではない。
もしや、妖魔に捕まった村娘だろうか？
〝……ソウ……メ……っ〟
まだ年若い、少女の声だ。
息も絶え絶えといった具合だった。助けを呼んでいるのかもしれない。
妖魔に襲われた可能性もある。急がなくては命にかかわるだろう。
辺りを見回し、小夜はある一点に目を向けた。
いる。きっとあの木陰に……でも……。

小夜が愛刀を握りしめる。女の子の声のする場所から、瘴気《しょうき》が漂っていた。

これまで出会ったどの妖魔とも違うように感じる。

なんだろう……どうも嫌な予感がしてならない。それに……女の子の声も、なにを言っているのかわからなくて……。

妖魔に襲われて、混乱しているのだろうか。

それにしてもこの声は不自然だ。

〝ソウ……メッ〟

小夜は小首を傾げながらも、声の主を探した。

いずれにしても、なんの罪もない村娘が襲われているのなら、助けたい。

刀を握り、辺りを注意深く見回す。

瘴気がいよいよ濃度を増している。怨念がこもっており、小夜の肌にまでチクチクと刺さるようだ。

どこ？　どこにいるの？

〝……メェ……〟

小さな声が聞こえてきた。樹々を掻き分けて、声の主へと近づく。

「智美《ともみ》さんっ⁉」

倒れ込んでいる少女の姿を見つけて、小夜は思わずその名を呼んだ。

彼女はふたつ年上で元気で明るく、鬼子村でも評判の人気者だった。

智美は里山で収穫を手伝っていた。両親に愛され、よく働く愛らしい女の子だった。

学校帰りに野菜を摘み、笑顔でカゴに積んでいるのがいつもの風景だった。

だが、忽然といなくなってしまった。

――そう、神隠しに遭ったのだ。

やっと見つかった智美だが――その陰部を見て、小夜は言葉をなくした。ぽっかりと淫穴が開いて、内部が見えている。

そこからは白濁が少しずつ流れ出ていた。破瓜の血が混ざり、薄桃色をしている。

智美はたったひとりで妖魔に襲われ、処女を奪われてしまったのだろう。

誰も受け入れていない処女穴が、こうもぽっかり空いてしまうほど、乱暴に犯されてしまったのだ。

小夜は込み上げる悲しみを振り払い、智美に近づいた。

「智美さん、大丈夫？　私よっ、小夜よ！」

しかし、聞こえてないのか、反応が鈍い。

茫然自失といった体《てい》で、唇を震わせて視線を宙空に漂わせている。

小夜は智美の体調を確かめようと、額に触れ、脈を取る。非常に危険な状態だった。

その間も智美はされるがままだ。指先が微かに動くが、頼りない。

顔色も悪く、膝が不気味に笑っている。

「も……もう大丈夫よ。心配いらないから……安心してね？」

小夜は智美の手を握り、そっと頬を撫でた。ぬくもりがちゃんとある。

今にも消えそうな命ではあるが、ちゃんと生きていた。

「……誰？」

ぽつりと智美がつぶやく。小夜は前のめりになりながら、手をぎゅっと握った。

「智美さん？　小夜よ？　わかる？」

「……………」

その目には小夜が映っているが、認識できずにいるようだ。

なにが起きたのか、理解できていない。ただ躰中が痛むのか、絶えず身じろぎしている。

「智美さん、安心して？　もうなにも心配いらないから……」

智美は小夜が誰かも、何故今こうしているかも、わからないようだったが、それでもゆっくりと深呼吸をして、温かな手をしっかりと握り返し、ようやく口にした。

「私……どうしてここに？」

「妖魔に襲われたのよ。でも……終わったの。助かったのよ？」

「あ……私、家の手伝いをしてて……採れたばかりの……じゃがいもを……」

記憶を辿ろうとするかのように、智美がつぶやく。

「思い出さなくていいわ。智美さん……怖い想いをたくさんしたんだもの……またつらくなっちゃうよっ？」

　小夜が一番よく知っていた。妖魔に襲われ、いいようにされたあの屈辱。

　終わったとしても、ずっと凌辱された跡が残り、妊娠の恐怖がつきまとう。

「ボタボタッて……じゃがいもが転がって……白いのっぺりしたものに……強く押さえ込まれて……気がつくと……口にも……あそこにも……」

「智美さん言わないで！　これ以上、自分を傷つけちゃダメ……っ」

「ずぼって……すっごく太いのが……オマタを貫いて……っ」

　それでも智美は告白を止めない。

　唇を震わせ目を血走らせ、呼吸を荒くしながら、それでも彼女は続けた。

「死んじゃうかと思った……う、うぅ……っ、血が流れても止めてくれなくて……」

　智美は思い出しながら追体験していた。妖魔に襲われ、処女を奪われた絶望の時間を。

「裂けてるのに……っ、硬くておっきいものが……ガツンガツンて擦ってきて……あそこがぶわって広がって……逃げたくても……痛くて苦しくて……」

　思い出しても、二重につらい経験を重ねているだけに過ぎない。

　だがもう、智美は止められなかった。小夜も諦めて手を握るしかなかった。

「泣き叫んでも嫌がっても……止めてくれなかった……一生懸命、頼んだのに……っ」

智美の瞳にはうっすらと涙が滲んでいた。あのときも、こうして泣いたのだろう。

妖魔は相手の都合など一切考えずに猛り狂ったように襲ってくる。

言葉は通じない。泣き叫ぼうが暴れようが、力づくでねじ伏せる。

「うん……うん……つらかったよね。智美さん……」

「気絶しても起こされて……強く突き上げられて、吐き気がすごかった……躰が……真っぷたつになったかと思うほど……痛くて……」

自分が生きているのか、死んでいるのかもわからなくなる。それが妖魔の凌辱だった。

智美の表情がふっと緩む。苦悶に満ちた目に、一瞬光が差した。

「はぁ……はぁ……中を掻き回されて……お腹が……せり上がりそうになるほど……地獄が続いたのに……っ、どばぁぁぁぁぁって」

妖魔が放精したときのことを追想しつつ、智美は口元をにやりと歪ませた。

最悪の瞬間と言っていいのに、うっすらと笑っていた。

「奥にあっつい……ドロドロを……たくさん……出されてぇぇぇ……いつまでも……っ、びゅるびゅるって……そうしたらぁぁ……」

智美は背中を大きく反らせながら、恍惚とした目を小夜に向けた。

「ぼんやりしちゃって……気持ちよくなって……お腹の奥が……っ、ふは、ああ……っ」

「智美さんっ！」

智美が目を開けたまま、笑みを浮かべる。

妖魔に射精された瞬間、彼女の中で苦痛が快感に変わったのだろう。

彼らの精液には、濃厚な媚薬が含まれており、智美もまた、それを浴びてしまったのだ。

同じ経験がある小夜には、それが手に取るようにわかった。

「はぁ……気持ちよくてポーンって、飛び上がったみたいだった……それがいっぱいに……思い出すと……っ、同じの来たぁぁ……っっ！」

びくびくびくびくんッ。

絶頂の声とともにその肢体をわななかせ、そして智美の躰は動かなくなってしまった。

淫穴からドロドロと白濁が流れ出す。こんなにも中に出されれば、おかしくなって当然だった。

むっちりとした内股が痙攣し、白濁の水溜まりが広がっていく。

智美はひくひくと腿を震わせながら、だらしなく笑っていた。絶頂が続いている。

「智美さん……」

小夜は打ちのめされていた。村娘をまたひとり、酷い目に遭わせてしまった。

もっと早く探していたらと思うと、悔やまれてならない。

そして妖魔の恐ろしさを、再度認識せざるをえなかった。

智美の唇が小さく動いている。声になっていないが、ブツブツなにかを言っていた。

「どうしたの？　なにが言いたいの？」

昏は動くだけで声が出ていない。しかしどうやら、同じ言葉を繰り返しているようだ。

小夜は智美の口元に耳を寄せた。智美の声はだんだんと大きくなっていった。

「テン、ソウ、メ……っ」

驚いた小夜がさっと身を引く。その意味を、小夜は想像できてしまった。

震えが止まらない。妖魔の仕業《しわざ》に間違いない。

「テン、ソウ、メ……っ、テン、ソウ、メ……っ、テン、ソウ、メ……っ、テン、ソウ、メ……っ、ああ、頭から離れない」

「智美さん！　智美さん、しっかりして！」

にやにやしながら、智美は同じ言葉を繰り返していた。小夜の存在など、もうどうでもよくなっている。

ただただ、不気味な声を上げ続けた。小夜はそんな智美を抱きしめるしかなかった。

側にいてつらさを分かちあってあげたい。そんな気持ちでいっぱいだった。

「はいれたはいれたはいれたはいれた……はいれたはいれた……はいれたはいれた……はいれたはいれた……はいれ……た……」

智美は――呪われていた。

「はいれた……」

突然、言葉が止まる。智美はくたりと目を閉じてしまった。

小夜は祈るしかなかった。せめて祈りを捧げよう。

と、そのとき、智美の躰がぐにゃりと歪んだ。

「……智美さん？　あ……っ」

その姿は見る間に変わって妖魔と化し――そしてその妖魔は猛スピードで茂みへと走っていった。

智美に取り憑いた妖魔は生きていた。

小夜が油断する隙を窺い、そして智美から生命エネルギーを貪って、用済みの肉体をゴミのように打ち捨て、逃走してしまったのだ。

「逃がしてしまったわ……〝二の柱〟じゃないといいんだけど……」

小夜はただ、そう願うしかなかった。


智美を思うと胸が痛くて、苦しくてたまらない。

だが、犠牲になった娘たちは、まだまだいるはずだ。

やはり、このままにしてはおけない。この山で〝二の柱〟を見つけ出し、倒す。

まひろを助けるためにも、犠牲になった村娘たちのためにも。

同時に、智美の言葉をずっと考えていた。

「テンソウメ」、「白いのっぺりしたもの」、「はいれたはいれた」。
それらがなにを意味するのか、巫女である小夜には想像できてしまった。
怒りとともに愛刀を握りしめる。
と、急に風が吹き上げってきた。
風がたちまち嵐のような突風に変わり、小夜はそれに耐えるために前屈みになる。
肌がちぎれそうなほど冷たい。屈みながら、ゆっくりと進んでいく。
鋭い視線が自分に集まっている感覚があった。
動けない……っ、強い風が、足止めしてるみたい……。
小夜の黒髪が風に舞い、赤い袴が膨らんでいる。冷たい風は強くなる一方だった。
今、襲われたらひとたまりもないだろう。
〝テン……〟
小夜がパッと顔を上げると、そこに妖魔がいた。
姿は見えないが小夜を狙っているのが、肌身で伝わってきた。
〝テン……ソウ……メッ！〟
「見つけたっ、ヤマノケーーーッ！」
絶叫とともに斬りかかるが、刀は虚しく宙を薙いだ。
「外した⁉」

〝メエエエーーッ！〟

奇声を上げ、妖魔が小夜に迫っていた。

ヤマノケ。白くのっぺりとした顔を持つ妖魔である。今は姿を変えているようだ。

山道に迷い込んだ人々を足止めし、恐怖に陥れるという。

テン・ソウ・メッとしつこく叫び、聞いた者は延々と〝はいれた〟と繰り返してしまう。

ヤマノケに遭うと、呪われて発狂し、永遠に元に戻らないとも言われている。

そこまでの知識はあったが——しかし今、目の前で実態を現したそのヤマノケの姿に、小夜は息を呑んだ。

「お……大きい……」

山のように巨大な躰が俊敏に近づき、小夜の細い腕を掴んできたのだ！

刀を握る手がブルブルと震え出す。これを放せば、妖魔を倒せなくなる。

「ああ……っ、くぅぅ？　は、放して……っ!!」

ヤマノケの光る目が、勝ち誇ったように小夜を睨む。小夜は刀を手放したくなかった。

「刀を……っ、は、放すものですかっ！　私の……っ、魂の一部なんだからぁぁあっ！」

叫びも虚しく、ヤマノケが握力を強め、小夜は刀を落としてしまった。

〝テン……ソウ……メエエエッ!!〟

その瞬間、ヤマノケがサイズを縮小し、小夜の背後に回った。

背後から締め上げられ、小夜は絶叫する。

「ん……っ、イヤあああぁ!?」

なにやら棒のようなものが突き出されてくるのを、小夜は反射的に掴み取った。

煮えたように熱く、湿っている。力が強くて思わず手が滑りそうになるが、なんとか堪えた。

「ぬめるぅぅ……っ、くふっ!?」

それは頭も手もある、ヤマノケのペニスであった。

〝テン……ソウ……メェエェッ！〟

それには口まであり、甲高い声を上げたのだ。

小さな手はガリガリと小夜の手を引っ掻いてくる。

ヤマノケの男根が――頭と手のある異形だなんて!? まるで小さな妖魔じゃない。これに襲われたら――。

小夜は恐怖ですくんでしまった。

しかも男根の口を見れば、尖った歯がびっしり生えている。これに噛まれたら、ひとたまりもない。

〝テンソウ……メェッ！〟

「ああもう……っ、叫ばないでよっ!? 耳が痛くなるじゃない……っ」

握った男根が同じ言葉を叫ぶ。小夜の苦しむ様子を嘲笑するようだった。

頭――と称するべきか、ヤマノケの亀頭はますます濡れて、さらに掴みにくくなってくる。

小夜は指先が白くなるほど力を込め、亀頭の接近を拒んだ。

〝テンソウメェ！　テンソウメェ！　テンソウメェ！〟

「同じことばっかり……こ、こっちはぬるぬるのせいで……っ、ぁ、あん……指が……っ」

妖魔の体液は媚薬が含まれており、ヤマノケの男根も例外ではない。

素手で溢れ出てくるガマン汁に触れ続ければ、当然力が入らなくなる。

「んっ！　はぁぁぁ……はぁぁぁ……は、放さないんだから……っ！」

放したら、これが小夜の膣穴に入ってくるだろう。

雌と見れば孕ませる。それが妖魔だった。

挿れさせるものですか……っ、気持ちの悪い顔のついたものなんて……これが入ったら、私のあそこ……壊れちゃうぅぅっ！

大人の腕ほどもあろう、男根である。物理的に小夜の淫穴に入るとは思えない。

いや、ヤマノケはそれを無理矢理こじ開け、挿入してしまうだろう。

〝テンソウメェエーーー‼　テンソウメッテンソウメッテンソウメーーーッ〟

男根が頭をぐりぐりと左右に振りながら、小夜の手を押し上げてくる。

その力はひねりが加わったために、指の間から亀頭が出ていた。

小夜は歯を食い縛って迫り来る男根を掴んだ。

「んーーー⁉　来ないでってば……っ！」

ブチュリと嫌な水音が響く。男根が手をすり抜け、小夜に接近していた。

湿った先端が妙に光っており、小夜の顔をジロジロと品定めするように見つめてくる。

まさか……私の……口を狙ってるの⁉　そんな……口だって……これが入ったら、喉まで裂けちゃうぅ⁉

小夜は押さえ込もうと手を伸ばすが、男根はひょいひょいと避けて、捕まえられない。

――やられる！　そう思い、顔を背《そむ》けたときだった。

「きゃああっ⁉」

口に突っ込まれるかと思ったが、違ったようだ。

男根から伸びた舌が、淫穴をベロリと舐めたのだ。大陰唇を押し広げ、ゆっくりと上下の割れ目を往復している。

「ええっ⁉　な、舐めてるぅ……っ、い、イヤあああ、やめて……っ‼」

〝ウメェ……テンソウ……メェエ……〟

男根の舌は非常に長く、アヌスからクリトリスまでを覆い尽くすほどのリーチがあった。

それが幾度も幾度も秘部を舐め上げ、唾液を塗りつけてくるのだ。

いてしまう。

「ん……っ、くは、あぁぁ……イヤあああぁ、な、長すぎるぅぅぅ……！」

小夜が藻掻《もが》くが、背後をがっちりと押さえ込まれて身動きできない。

長くて器用な舌先に舐められ放題だった。ベロベロと唾液がなすりつけられ、陰唇が開

「べちょべちょしないでぇぇ……っ、あそこがぁぁ、バイブみたいぃぃ……!!」

男根の舌は実に巧みに動いていた。小夜の反応を見ながら、強弱を変えてくる。

じわじわと舐めたかと思えば、上下に素早く揺れたりと、実に多彩だった。

「だ、ダメぇぇ……お尻があぁぁ……っ、ぶるぶるしちゃうのぉぉぉ……っ」

小夜は顎を上げながら、陰部を責められる快感に酔い痴れつつあった。

妖魔の舌が柔らかくなり、静かにクリトリスを撫で上げてくる。この絶妙な加減もまた、

小夜の心を溶かしていった。

「うぅぅ……っ、んんっ、今度はふわふわに……っ、あ、ああ……っ」

いやらしく振動しながら、男根の舌がじらすように内側から、チロチロと迫ってくる。

小夜は脊髄を疾《はし》る刺激に、息が止まりそうになっていた。

「あああ……はう……うぅぅ……あそこがぁぁ……じんじんしちゃうぅぅ……っ」

〝マンコウメェエ、マンコウメェエエ!!〟

「イヤあああぁ!?　汚い言葉言わないでっ!!」

隠語を耳にして、小夜が嫌悪感にかぶりを振る。

妖魔に舐められ、美味いなどと言われた日には屈辱でどうにかなりそうになる。

だが、男根のクンニはさらに過激になっていく。

〝マンコウメ、マンコウメ、ウメェェェ！〟

「ん……っ、ふは、あっ！　あっ！　あっ！　ぬあああぁぁ～～～……」

長くよく動く舌先のクンニに、小夜は快感を覚えつつあった。

ぐりぐりと淫核の包皮を剥かれる。

剥き出しになった無防備な淫核を、これ以上にないほど柔らかい舌が撫で、そのたびに極上の快感が小夜の脳天へと駆け上がってきた。

「す、すごいぃぃぃ……っ、そ、そこは……っ、一番……感じちゃうぅぅ⁉」

柔らかな舌先は、淫核を包み込むように撫でる。小夜は抗いようのない愉悦に、身を任せてしまった。

その証に、溢れる淫汁が男根の根元までを濡らしてしまっていた。

「あ、あ、あひぃぃ……っ、こ、これすっごいぃぃーっ！」

がくがくがくんっ！

小夜はついに絶頂した。

膣口からは淫水が溢れ出す。

男根が美味そうに雌汁を飲み干し、たっぷりと濡れた頭の角度を変える。

「ええっ⁉　あ、あぁぁ……っ、いきなり……っ！」

それは、膣奥へと到達した。

小夜は膣穴が開く鈍い水音に、いかに感じて濡れているかを実感してしまう。

さらには、男根に貫かれた陰部が視界に入ってきた。

土手がこんもりと膨らんでおり、陰唇はぱっくりと割れて男根が出入りしていた。

「あぁぁ……こ、こんなに……おっきいのがぁぁ……は、入るなんてぇ……っ！」

ありありと男根の形が浮かび上がり、膣穴のどこをどう擦っているかが、想像できてしまう。

ねっとりと舐められた淫核までが男根に当たって、ビクンビクンと足が跳ねる。

「当たっちゃうぅぅぅ……っ、感じるところに、ぴったりくっついてるのぉぉ……っ！」

単純な前後運動だというのに、全身の性感帯が刺激されているようだった。

入念なクンニが、小夜を男根に反応する敏感な躰に、作り変えてしまったのだ。

「くらくらするよぉぉ……っ、これダメぇぇ……頭が……回っちゃうぅぅぅ……っ」

〝マンコウメエエエ！〟

「あ、ああ、聞きたくないのにぃ……んん、ふわあああぁぁぁーーーっ‼」

小夜の背中がピンと反る。下半身に入力された快感が、奥歯にまで響くようだった。

頬を真っ赤にして、小夜は目を白黒させながら、ただ快感を貪っていた。

〝うひひひ！　マンコウメェ！　ナカモウメェ！〟

ヤマノケの男根から生えた口や手足が、膣穴を押し広げ、粘膜を分泌させていた。

「あ、あ、あああ……っ、しゅごいぃいぃ……ああ、止まらないのぉぉ……っ！」

長い舌を子宮口に入れてくすぐり、想像を超える愉悦を与えてくる。

「もうすごすぎぃいぃ……っ、あしょこがバカになっちゃったぁぁぁ……っ！」

小夜が絶頂の悲鳴を上げた瞬間、男根が白濁を撃ち出した。

どくぅぅぅ……ッ！

大きさに比例するすさまじい量で、たちまち小夜の膣内はいっぱいになってしまう。

どく！　どくん！　どくく……っ！

子宮内に精液が入り込んでいく。熱い液体が染み渡り、愉悦で心身が解けるようだった。

「あ、あぁ……カラダがポンコツにいぃぃ……勝手に跳ねちゃうぅぅ！」

小夜が白目を見せながら、爪先までピンと伸ばし、限界を訴える。

雷でも落ちたように肩が強張り、制御が利かなくなっていた。

「う、うぅぅ……っ、時間止まったみたいぃぃ……よしゅぎぃぃぃ……」

絶頂の嵐が行き過ぎるまで、ただ小夜は身を任せていた。

頭がくらくらする。興奮は次第に収まりつつあったが、それでも浮遊感が止まらない。

操り人形にでもなったように、躰が空へと引っ張られていく。

その表情は緩みきっていた。ひくひくと引き攣《ひっ》った笑いを浮かべてしまう。

「はぁ……っ、はぁ……っ、う、うぅぅ……っ、んんっ、す、すごいぃぃぃ……っ」

湿気の多い熱帯にでもいるようだった。汗が吹き出し、意識は朦朧《もうろう》とする。

男根の両手と舌先とで体内を掻き混ぜられる官能に、すっかり心奪われていた。

巫女としての誇りやまひろへの想いが消えかけたそのとき、またも男根がわなないた。

膣穴にたっぷりと溜まった白濁を掻き出すように、ズンズンと速度を上げてくる。

腹の奥まで響くような律動に、小夜は藻掻きながら、快楽を感じていた。

「くぅうぅ……っ、！　また来るぅぅ……っ、中の手、くりくりしちゃダメぇぇ……っ！」

白濁でいっぱいになった膣穴は、男根の手でいじられ、舌先でヒダを舐められていた。

これだけのボリュームのモノが律動しているのだから、即イキしておかしくない。

加えて長い舌と小さな手が、器用に子宮口をいじってくる。

白濁にはふんだんに媚薬が含まれており、それらは小夜の意志を奪っていった。

弄ばれるまま、小夜はただ、昇り詰めていくばかりだ。

「うぅぅ……っ、ふは、あ……っ、ぞくぞくすっごいぃぃぃ……これダメぇぇ！」

粘膜を重機で掻き回すような音が響く。

そのパワフルさと巧みな挿抜が、小夜をただの雌にしてしまった。

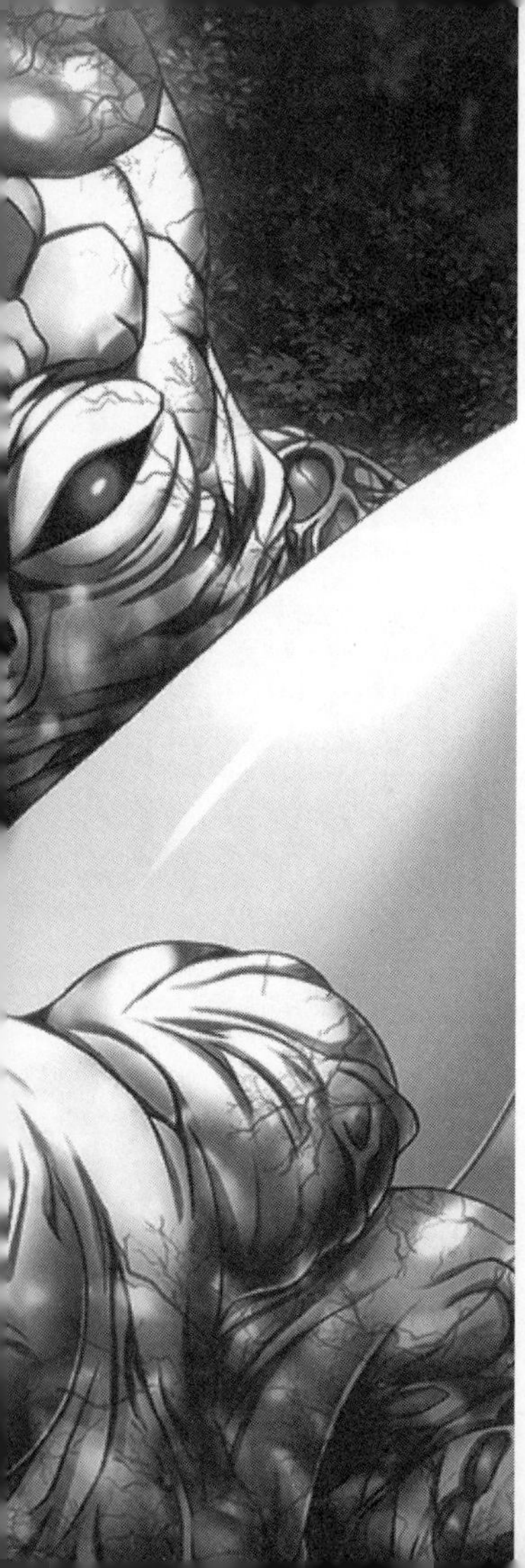

「こんなのらめらよぉ……っ、どんどん……っ、くりゅぅぅぅ……!」

小夜ははっきりと、自分の絶頂を理解していた。

妖魔になど感じたくない。絶対にそうはならない。認めない。

神に仕える自分を穢す憎い敵に、イかされるなんてありえない。

そう思っていたはずが、今やうっとりとした目で喜悦の涙を浮かべている。

「んんーーー!? 子宮がキュンキュン泣いてるのぉぉぉ……ひゃああ、ああ、ああ、ひぃいぃ……もうらめえぇぇぇ~~~」

小夜はリミッターが壊れたように叫んだ。

〝ハラメェェ！　ウメェェェ　ハラメハラメェェェ〟

妖魔の奇声に、悦びとも諦めともつかぬ声を上げる。

「ああ、またぁぁ……らしちゃうのねぇぇ、ああ、来るぅぅ……来るくるぅぅぅ……っ‼」

どくどくどくんッ！

またも、膣奥で熱くねっとりとした子種汁が放たれる。

子宮へ少しでも子種汁を送ろうと、男根が大きく震える。

「ま、まだあぁぁ……ビクビクしてるぅぅぅ……っ、こ、壊れた蛇口みたいぃ……っ」

どくん！　どくくッ！　どくんッ！

「あ、あゔぁぁぁぁ……どんどん来ちゃうぅぅ……あっつあつなのぉぉ……火傷《やけど》しちゃいそうぅぅ……っ！」

白濁が腹に満ちていく。

小夜は濃厚な媚薬が膣穴から躰中へと沁み渡り、膨らんだままの男根が脈動するのを感じていた。

「うふふ……ふふ……はぁぁ、おっきいのすごいぃぃぃ……ふふ……うふふ……」

それが嬉しいのか、小夜は恍惚とした笑みを浮かべていた。

連続絶頂によって狂おしいほどの劣情が満たされ、ただ笑声を漏らし続けた。

〝マンコウメェ……マンコウメェ……ハラメェェ……ハラメェェ……〟

汚い言葉を吐き続けるヤマノケだが、それも既に、耳に入ってもいないようだった——。

山の中、ほぼ全裸で横たわっている自分に、小夜は気がついた。

周囲を見ようとしたが、ぼやけてよくわからない。

が、白い着物はかろうじて躰に引っかかってるのはわかった。

「私……どう……なって……？」

ずっしりと、自分のものとも思えない重い重い躰を引きずるように上体を起こす。

のろのろと身なりを整え、ようやく立ち上がり、足を前に出したとたん、ズシンと深いところが疼いた。膣穴から子宮口にかけての陰部だった。

激しく擦り上げられたために、痛みが残っていたのだ。

そうだ……あの舌や手の生えたアレに……私、しつこく襲われて、すっごく気持ちよくなって……わけがわからなくなって……。

狂った獣のように叫んでしまった。あからさまに悦んで、絶頂にむせいでいた。

思い返すと、自己嫌悪と羞恥に苛《さいな》まれる。だが、あの状況ではどうにもならなかった。

まさか、ヤマノケの男根に舌や手がついているとは、夢にも思わない。

あれは私じゃない。そうよ。ヤマノケの妖術にはまってしまったんだわ。事故みたいなものよ。忘れなくちゃ……私は神に仕える巫女なんだから。
目指すは、妖魔を統べる〝鬼王〟。
鬼子村の因習を断ち切るためには、倒すしかない。
そのためには、この〝二の山〟で柱を見つけなくてはならない。
小夜は落ち着きを取り戻し、瘴気を辿り始めた。

山道を登っていくにつれ、目の輝きが戻ってきた。
途中、水辺で喉を潤し、樹々の果実で腹を満たしたおかげだろう。
ヤマノケのダメージからは回復しつつあった。
と、一陣の風が吹いたとき、妙な瘴気が感じられた。
小夜は立ち止まり、刀を握りしめる。
急に辺りの陽が陰ったように思えた。小夜が静かに瘴気の跡を追う。
「ん……？」
今、はっきりと草むらから音が聞こえた。あれはいったい……？
小夜が息を潜めて、草むらに近づく。
静かに覗き込むと、そこには古びた木製の看板が立てられていた。
その看板は矢印の形になっており、細い脇道を指していた。

刻まれた文字は霞んでおり読みにくいが、「亀頭オ」と書かれている。

「この向こうに……亀頭……オがあるってこと？」

意味はわからないが、ここで考え込んでも仕方がない。

草むらを払いながら、脇道を進んでいった。

足を一歩進めるごとに、瘴気が強くなってくる。

小夜はビリビリと肌で感じていた。妖魔の熱い視線が注がれていることを。

たいていの妖魔は獣のように襲いかかり、孕ませようと全力で押さえ込んでくる。

だが今、小夜を狙う妖魔は違う。虎視眈々と機会を待っているように思えた。

このまま、進んでも止まっても地獄だわ。抜け出るには、妖魔を見つけて斬るしかない。

小夜が刀を掴み、構えたそのとき、背後に強烈な瘴気を感じた。

カキン！

振り返りざまに、小夜は刀を真っ向から斬り降ろす。

だが――その刀は跳ね飛ばされ、手首には大きな痺れが疾《はし》った。

そして、地には丸太が転がっていた。

「しまった!!」

妖魔にあるまじき、ダミーを使った知略というわけらしい。

痺れに手指が震える。刀が見当たらない。絶体絶命のピンチだった。

小夜が走り出そうとした瞬間、背後の妖魔が押さえ込んできたのだ。

「あああーーーーっ⁉」

草むらに押し倒された小夜が、じたばたと藻掻く。

しかしその躰は妖魔とともに、ごろごろと転がってしまった。

「は、放して……っ、んん！　きゃあああああ‼　ん……っ、なにぃぃ⁉」

小夜は強引に着物を脱がされ、そして頭上には巨大な男根が迫っていた。

それがこちらの口元へと迫ってくるのに、小夜は顎を引いて避ける。

「い、イヤ……っ、や、止めてよ、そんなもの……っ、顔に近づけないでぇぇ……っ」

眉間にシワを寄せながら、拒絶する小夜だが、その巨大な男根はベロベロと淫穴を舐め始めた。

「い、いきなり……っ、あ、あああ……んんっ⁉」

そう、この妖魔はペニスのような頭を持った、蛇の怪物であった。

ヤマノケとは違い、舌が大きい。のっぺりとしており、手のひらほどあるだろう。

小夜がちらりと下半身を見る。亀頭を巨大にしたような頭が、陰部に密着していた。

そこから舌が伸びて、陰唇をしゃぶっている。

「こ、これは……ミシャクジ！」

ミシャクジとは蛇神の一種である。元は稲作の神であったり、氏神とも言われていた。

大昔、鬼子村にもミシャクジは祭られていたが、大雨で浸水し、流されたとも伝わる。

その後、祠を建て直し、地鎮祭をしたらしいが、本当のところは定かではない。

そんなことを考える間もなく、ミシャクジは本来の男根を口元に押し当ててくる。よほど舐めさせたいのだろう。

「んん、ふあ……う、うぅ……っ、ひぃぃぃ!? こ、こんなの……っ！」

顔に突きつけられた男根は、酷く筋張っており、でっぱりがびっしりと連なっていた。

こんなもので雌穴を擦られたら、一瞬で昇天するに違いない。小夜は恐怖でゾッとした。

しかしその次にふと気づき、小夜は視線を泳がせる。

わ、私ったら……なんていやらしい想像しちゃってるのよ……妖魔のアレなんて……。

自分の想像に戸惑う小夜だが、妖魔はその予測どおり、舌先をスクリューのようにして、雌穴に突き入れた。

「きゃあぁ……っ、な、ななな中に……っ、ブルブルしたのがぁぁ……うぅ、んんっ！」

膣穴の舌先は硬くなり、中の粘膜をほじくるように行き来する。

腹部に快楽の波が湧き上がる。体温が急激に上がり、呼吸もまた荒くなっていった。

剥き出しになった淫核を、長い舌が嬲る。

小夜が興奮して肩を震わせると、舌は膣穴に入り込み、ナメクジのように膣壁を這った。

「ん……っ、うぅ、あ、あぁぁぁ……」

小鼻から艶めかしい吐息が漏れる。

下半身では妖魔のペニスが陰唇を押し開き、溢れる愛液を啜っている。

大きな舌は硬く尖って淫核をつつき、また柔らかになって陰唇全体を優しく撫でた。

「お、おっきい舌がぁぁ……あ、あああ……っ、尖ったり伸びたり……ああダメ……っ」

妖魔の本来の男根が、ますます小夜の口に迫ってくる。

クンニで気持ちよくしてるんだから、そっちはフェラチオをしろと言わんばかりだった。

ぬらぬらと亀頭が光り、ガマン汁が溢れていた。

小夜は顔を顰《しか》めながらも、男根を見つめる。

なんてしつこいの。舐めたくないけど……でも、この妖魔はすごく強い。刀がない今は
……従うしかない……。

苦渋の決断をすると、小夜は今まで穢したことのない艶やかな唇を開いた。

「ん……っ」

ペニスに触れた舌にビリリと刺激が疾《はし》る。辛味が強く、胃の奥まで痺れるようだった。

だからといってやめるわけにもいかず、小夜は両手のひらを伸ばすと肉竿を握りしめた。

ぢゅ……ぢゅ、ぢゅるるぅ……っ。

小夜が亀頭のくびれを、舌でぐるりと一周したときだった。

そのご奉仕がお気に召したのか、妖魔のクンニが過剰になってきた。

ジュルジュルと淫汁を吸い上げ、子犬のように舌をチロチロと出し入れさせてくる。

小夜は下半身が浮かび上がるような愉悦に、腰ががくがく揺れてしまった。

「ん……っ、あ、あ、あふ……っ、な、舐めないでぇぇ……っ、ふは、あ、ああっっ」

自身の淫穴が発しているとは思えないほどの、大仰な水音が響く。

ミシャクジの巨大な舌が、陰唇全体をくまなく舐めているせいだ。

小夜の頬が赤く染まり、表情はだらしなく惚けてしまっている。

フェラチオをする口も止まっていた。

「あ、ああぁぁ……ふあ……っ、そこダメぇぇ……っ⁉」

と、小夜がそんな嬌声を上げた瞬間、開いた口にすかさず男根が入り込む。

予期せぬ男根の大きさに、小夜が目を見開く。

「んぉぉ……ん……っ、んっ、い、いぎな……っ、りぃぃぃぃ……っ」

口内の男根はぐいぐいと突き入れられ、頬の内側を擦り上げる。

小さな口内の容量を無視したその責めに、小夜はなす術《すべ》がなかった。

熱い粘膜としとどに濡れた口内が気に入ったのか、ミシャクジは女性器にするように、口へと抽挿を続ける。

上顎にも亀頭をなすりつけて、柔らかさを堪能しつつも、一方、小夜の淫穴を舐めて吸い上げている。

「やべれ……っ、んぐぐ……っ、のろに挟まって……息できないぃぃ……っ」

ミシャクジの男根が、さらに喉奥へと攻め入ってくる。

「んぐぐ……っ、喉らめ……っ、深いところ……っ、はめないれぇぇ……っ」

喉までをめちゃくちゃに突かれ、小夜は混乱するばかりだった。

苦いガマン汁が止めどなく流れてくる。

しかしそんな苛烈な責めに、小夜の目は潤み、肩の力がだらりと抜け、喉はゴクゴクと鳴ってしまった。

時々、爪先がビクビクと跳ねる様が、快感を感じていることを示していた。

あそこが熱くてビリビリしちゃってる……ああ、きっと……いっぱい飲んだ媚薬のせいで……ふらついちゃう……。

小夜はすっかり、ミシャクジのイラマチオに感じていた。

陰部に差し込まれた硬い舌に掻き混ぜられるたび、快感が湧き上がる。

いつしか小夜は尻を揺らし、身をくねらせていた。

潤んだ目になりながら、嬉しげに男根にしゃぶりつく。

飲み込んだガマン汁の量は小夜の想像以上で、脳内を甘く痺れさせた。

小夜の頬が真っ赤に染まっている。身も心も蕩け、劣情は高まる一方だった。

「んむぅぅ……っ、おぐぢのなか……ぐりぐりしゅっごいぃぃ……っ！」

口内の男根がまた膨らみ、唇が今にも裂けてしまうのではとの悪寒が頭をかすめる。

「らめぇぇ……れっかくならないれ……っっ⁉」

目を血走らせていた小夜がふと気づく。ミシャクジは射精が近いようだ。

抽挿の激しさは、亀頭のカサが唇に引っ掻かり、めくれてしまうほどだ。

ガマン汁を飲んだだけでもこんなに恍惚としているというのに、精液を飲まされたらどうなるか、想像に難くない。

「や、やべ……っ、らさないれ……っ‼」

小夜がいやいやをするように細かく頭を震わせた、その瞬間。

どくんッ！

ペニスが大きくわななき、口内に精が溢れ返った。

どく！　どくん！　どくく……ッ！

熱くドロドロとしたものが喉奥や鼻腔にまで流れ込み、息が詰まる。

濁流のように精液が満ちて呼吸が苦しくなり、小夜は青ざめる。

「んぐ……っ、んぐ……っ、ぐるじぃぃぃ……んん……っっ」

たまらず、小夜は精液を飲み下した。

しかし飲みきれないものが口中に溜まり、息苦しさは消えない。

いっそ吐き出したいが、口内いっぱいの男根のためにそうできなかった。

もっと飲まなくては呼吸がまた、苦しくなるだろう。

「んん……っ、んん……っ、んくぅ……ッ」

青臭くて苦い精液が、口内から体内へと沁み渡る。

躰に収まった白濁がビクビクと脈動して、存在を主張しているかのようだ。

その成分は血流を疾《はし》り、脳内へと快感物質を送り込んでくる。

と、ようやく小夜は精液を飲みきったが、そのとき、またも口内の男根が揺れ出した。髪の毛が一本ずつ逆立つような愉悦に、小夜は唇をわなわなと震わせる。

いきなり、湯を被ったように全身が熱くなり、視界が蜃気楼のように歪んで見える。

僅かな男根の揺れさえ、小夜の感度を爆上げしていた。

同時に、ミシャクジの巧みな舌使いが、小夜の陰部に襲いかかる。

優しく陰唇を掻き分けるだけだが、小夜を絶頂させるに充分だった。

ツンと顔を出した淫核を舌先でそっと撫でる。眠った子猫をさするようだ。

「おなかがぁ……あちゅい……っ、感じて跳ねちゃうにょぅ……ッッ!!」

小夜は半目になりながら、自ら進んで男根をしゃぶっていた。

飲み込んだ精液が、小夜を男根の虜にしていた。頬をへこませ、歪んだ顔を晒している。

「んん……っ、の、のどぉぉ……唇もぉぉ……っ、こしゅれで気持ちいぃぃ……っ！」

小夜は涙を零しながら、甘い吐息をついた。

唇も喉も敏感になっており、僅かな刺激が彼女を昂ぶらせてしまう。

「んんっ、ふは、はぁぁ……おいひぃぃぃ……」

小夜は微笑を浮かべながら、白濁を啜っていた。

そこに清廉で荘厳な巫女の姿はなく、男根が好きでたまらない一匹の雌がいるだけ。

彼女の舌先は口内で尿道口をつつき、へこんだエラをなぞっていた。

美味しい精液をくれて、さらに欲情させてくれた男根が愛しく、精いっぱいの奉仕をしているかのようだ。

小夜は淫靡《いんび》に目を細め、夢中になって男根を啜り続ける。

全身を巡る快感が嬉しくてしょうがない。

「らしてぇぇ……んぐ、もっともっとぉぉ……しゅったげるぅぅぅぅ……っ」

躰中に鳥肌を立たせ、汗を噴き出させ、小夜はおねだりする。

「飲みたいいぃぃ……っ、お願いぃぃ……っ！」

これまでは責められていたが、今や小夜が積極的に男根を吸っていた。

手指は竿を擦り、口淫と息のあった動きを見せている。

ミシャクジも小夜も、互いの愛撫に心を奪われ、互いを愛撫することに没頭していた。

「ちょうらいぃぃ……っ、もっともっとぉぉ……ッ！」

小夜が思いきり男根を吸い立てたそのとき。

どくくッ！

白濁が放出され、小夜の舌を灼《や》けるような苦味が襲った。

「零れたらぁぁ……もったいないぃぃ……っ」

しかし小夜はそれを、ごくごくと音を立てて、歓喜しながら飲み下した。

美味しくて欲しくてたまらない、といった食いつきのよさである。

「んぐ、んぐ……っ、ふぅぅ……っ、ふは、はぁ……おいしいぃぃぃ……っ」

小夜は一心不乱で男根を啜っていた。

ミシャクジもまた、膣穴に口をつけ、責め立てている。

快感で小夜のほっそりとした腰が淫靡に揺れる。腹の奥がビリビリと痺れるようだった。

「ああ……ミシャクジもぉぉ……わらしのおつゆぅぅ……のんれくれるんらね……」

ミシャクジの舌がまた、バイブのように震えて膣穴を責める。小夜のフェラチオに歓喜していた。

小夜もまた、絶頂に背中をのけ反らせ、色っぽい吐息をつく。

「気持ちよくしてくれるんならねぇ……ふふ……わらしもぉぉ……っ、負けない★」

にっこりと笑う小夜は、実に楽しそうだった。

「じゅる、んぐ……ん？」

口を大きく開けて、小夜が妖魔のペニスを根元まで深々と飲み込む。

両手で肉茎をシコシコと擦り、小夜がフェラチオを繰り返す。

ミシャクジもまた、このシックスナインが気に入ったようだ。

そして――何度も果てるまで白濁が飛び散り、小夜もまた飲み続けた。

一滴も零さず、さも美味しいものでも飲むように。

と、そのとき。

小夜の目にふと、例の矢印のついた看板が映った。

そこには文字が刻まれていた。霞んでいるが、なんとか読みとれる。

「亀頭……村？　ああ、なんらぁぁ……うふふ。亀頭オじゃなくて……村だったのね……」

どうも「寸」が消えたがため、「木」が「オ」に読めてしまったようだ。

「じゃあ、ミシャクジは亀頭村《きとうむら》の神しゃま？　だから頭もココもぉぉ……すっごくおっきいんらね……ふふ……ふふ……」

しかし彼女の、ほんの僅かに残った理性にその、「亀頭村」という言葉が引っかかった。

靄のかかった記憶を辿っていく。

鬼子村に残る、幾多の伝説。古い書物に記された、どこまでが創作か実際に起きた出来事か定かではないようなお伽噺《とぎばなし》のなかに〝看板の文字が欠けた村〟というものがあった。

つまり、このミシャクジは「亀頭村」を守る巨大な亀頭型の神なのだ。

「……っ⁉」

小夜は自らの使命を思い出す。

そうだ。ミシャクジは本来、「亀頭村」の稲作の神だ。

それが鬼子村の呪いで邪悪な妖魔と化したのだ。

その双眸《そうぼう》に凛とした意志が戻った。呼吸を整えて顔を上げる。

「……祓《はら》い賜《たま》え……清《きよ》め賜《たま》え……はあぁぁーーっ！」

その詠唱に、淀んだ瘴気が雲散するように晴れていく。

ミシャクジもなにごとかと怯んだ様子だ。

その一瞬の隙に、小夜は妖魔から離れた。

転がっていた愛刀が、まるで主人を呼ぶかのようにきらめいた。

「はぁぁぁぁ――――――――ッッ!!」

地を転がり、刀を手に取ると、小夜は大きく宙を飛んだ。

ミシャクジの躰を、刃が両断する。

――――ッッ!!

発声器官を持たない妖魔が、声にならない声を上げ、そしてその躰を気体に変えて消滅していった。

小夜はほっと胸を撫で下ろす。

妖魔の消えたその跡には、小さな玉が残っていた。守り玉だ。

小夜が両手を重ねて、光を放つと、玉は粉砕され、妖魔同様に消えていった。

山の空気が、清浄なものに戻る。

ミシャクジは〝二の柱〟だったのだ。

小夜が大きく深呼吸をする。

しかしこれで終わったわけではない。

妖魔は全て、鬼王に従事しているに過ぎない。

小夜の躰がいやらしく疼く。思わず、腹の辺りを手で押さえてしまった。

……私、ミシャクジにたくさん精液を飲まされて、前後不覚になってた……もしかして……いやらしい言葉を言ったのかも……。

記憶が曖昧だったが、躰には飛び上がるような絶頂を得た感覚が残っていた。

膝が笑ってしまう。陰部もまた、軽く擦れるだけで腰がくだけそうになった。

自身の蕩けた顔や、おぞましい悲鳴と絶頂の声が蘇ってしまう。

夢のように甘い時間だった。それを貪り、存分に味わった。

……違う！　あれは本心じゃない。ミシャクジにたくさん精液を飲まされたからよ。そうよ。だから私は……妖魔に屈してない！

小夜は大きくかぶりを振って、自分にそう言い聞かせた。

苦難を越えて、真の目的を果たすためには、神に仕える巫女の誇りを棄てるわけにはいかない。

ああ、まひろ姉さん、無事だといいんだけど。

生贄になったまひろは〝鬼王〟に捕まっている可能性が高い。

時間が経つほど、まひろに危険が及ぶ。

小夜は疲れを癒す間もなく、先を急いだ。

ここの瘴気は……肌にビリビリくる。
小夜がやってきたのは、最も黄泉の国に近いとされている〝三の山〟だった。
一歩進むごとに、山道が濡れてくるようだ。
足元だけではない。空気が湿気で重く、カビの匂いが漂っている。
いかにも陰気な雰囲気だった。
肌寒さを感じ、小夜は自分の肩や腕を撫で擦る。
「あ……っ」
と、そのとき、なにかにつまずき、よろけてしまった。なんとか、転ばずに済んだ。
足元を見ると、文字の刻まれた石がある。どうやら古い墓石らしい。
きっと、巫女である小夜に気づいて欲しかったのだろう。
小夜は静かにひざまずくと、祈り始めた。
「鬼子村に眠る霊たちよ。安らかに眠《ねむ》り賜《たま》え……」
彷徨《さまよ》っている御霊《みたま》に、安らぎの言葉を与えると、辺りの霊気が雲散した感触があった。

ほっと胸を撫で下ろし、再び歩き出す。

〝三の山〟はいわゆる霊山だった。

雨ざらしになった墓石が点在している。

大昔、墓地があったが、台風や崖崩れのために崩壊してしまった。

それらが弔われることもなく、山全体が墓地のようになっている。

一部修復はされたものの、今現在も地盤が緩く、そのままになっているのだ。

生い茂った樹々のために、日差しがあまり入らず、昼間でも暗い。

さわさわと樹々の音が響く。生い茂った森林は今にも小夜を飲む込むような不気味さがある。

怖がっていられないわ。そうよ……目指すは〝三の柱〟……。

しばし深呼吸して、小夜はまた、山道を歩き出した。

――と、ごそごそと物音がした。

小夜は刀を構え、下生えに目を走らせる。

と、小鳥が飛び出し、空へと飛び立っていった。

「なんだ……妖魔じゃなかった」

胸を撫で下ろす小夜。

彼女の神通力であれば、生き物と妖魔の区別がつかないわけがないのだが、ぼんやりと漂う霊気のせいで勘が狂っているのだ。

気をつけよう。この辺りは、これまでどおりにはいかない……。

小夜が歩みを進めたそのときだった。

強い瘴気を感じ、振り向くと、草むらに白い影が見えた。

また、小鳥だったらいいんだけど……今度はそうじゃない。しかも……霊気と瘴気が複雑に絡みあってる……！

小夜は胸騒ぎを抑えつつ、ゆっくり確実に近づいていく。

得体の知れない気配には違いなかったが、よく見ると、どうやら人の形をしている。

草のベッドの上に全裸で横たわっていたのは——女の子だった。

ぴくりと人差し指が跳ねる。小夜の血相が変わった。

「みゆきっ⁉」

少女へと駆け寄るものの、迂闊《うかつ》に触れない。

何故なら、強い霊気と瘴気の原因が、わかっていなかったからだ。

まさか……罠？

妖魔のなかには、人間に姿形を似せるものもいる。

今すぐにでも抱き起こしたいが、そうできなかった。

みゆきはぐったりしており、意識がないように見える。

脚が大きく開いており、陰部から無残にも白濁が垂れていた。妖魔に襲われた跡だ。

みゆき。小夜の家から何軒か離れたところにある組紐屋の末娘だった。

小夜よりもふたつ年下で、おとなしくて目立たない女の子である。

引っ込み思案ではあるが、兄弟たちとは仲がよく、虫取りをしているのをよく見かけた。

もっともこの娘《こ》は、虫かごを下げるだけだったが……。

「……みゆき。待ってね。今……助けるから」

小夜が手をあわせて、祈り出す。神通力で正体を見極めようとした。

「……う、うぅぅ……」

みゆきが頭を揺らす。どうやら、意識が戻ったようだ。

しかし、まだぼんやりしており、小夜の存

在に気づいてない。

「みゆき、もう大丈夫よ。妖魔に襲われて疲れてるけれど……」

小夜の声は妙に上擦っていた。みゆきの躰を調べたが、何故か生気がなかったのだ。

体内にも妖魔の放った痕跡はあった。おそらく精液だろう。

「……来ないでぇ」

みゆきがぎょっとした顔で、中空を睨みつけている。そこには妖魔の姿も気配もない。

酷く凌辱されたために、気が動転しているのだろう。

「みゆき、小夜よ。助けに来たの。もう心配しなくていいのよ？」

ゆるゆるとみゆきが首を横に振る。一応は会話は成立するようだ。

再び、小夜がみゆきに近づくが――。

「……ひぃぃぃっ！」

彼女は怯えてがくがくと震え出す。

よほど恐ろしい目に遭ったのだろう。目の前の小夜ですら、認識できなくなっている。

小夜は胸が痛かった。日頃のこの娘を知っているだけに、この変貌が堪《こた》えた。

「みゆき、怖がらなくていいのよ。もう怖い妖魔はいないわ。安心して？」

みゆきの震えが収まってくる。どうやら、小夜の声を理解しつつあるようだ。

濁った瞳にはまだ、恐怖の色が残っているが……。

「みゆき、聞こえる？」

しかしやはり応えない。呆然自失だった。

精神的にはかなり不安定だったものの、躰は致命傷は負っていないように見える。

とにかく、この状態で起き上がるのは、難しいだろう。

「やっぱり、助けを呼んだほうがよさそうね。そうだ。結界を張っておけば、しばらくの間は安全……」

小夜は思案するが——。

「……んんっ、あ、あぁ……はぁ、はぁ……うぅぅ……っ、んん！」

みゆきは唐突に喘ぎ始めた。悩ましく腰をひねり、手指が乳房を撫でている。

白濁にまみれた陰部は、ひくりと震えたように見えた。

「みゆき、しっかりして！　もう妖魔はいないのよっ！　だから安心して。お願い……っ」

「はぁぁぁ……はぁぁぁぁ……オマンコぐちょぐちょ感じちゃったぁぁ……っ」

親しい少女の唇から発せられる卑語に、小夜は顔を顰《しか》める。

みゆきはうすら笑いを浮かべながら、色っぽい吐息をついていた。

あの控え目で、おとなしかった少女の面影はない。

開きかけた女淫を突き出すようにしながら、甘く切なく、震えている。

「みゆきっ、みゆき、お願い……元のみゆきに戻って……？　つらい目に遭ったかもしれないけれど、もう心配ないから……っ、だから……」

小夜の双眸《そうぼう》に涙が浮かび上がる。

狭い村だった。村人の事情は筒抜けだった。

みゆきがどれだけ兄弟たちに愛され、可愛がられていたかを思うと、打ちのめされてしまう。

「んんっ⁉ うおぉぉ……っ、来た来たぁぁ♪」

「みゆき？ 来た来たって？」

「んほほほほおっ！ おまんこパッカン……うふふ……ふふふ」

みゆきはまるで、男根を挿入されているように興奮し、頬を緩ませる。

膣穴をぎゅうぎゅうと擦られ、敏感な子宮口を擦りつけられ、そして絶頂する。

小夜も思い当たる節があった。

みゆきが背中をつっぱらせ、ビクビクと全身を痙攣させたとき、小夜は目を見張った。

白濁にまみれた陰部から、白い小さなものが見えてきたのだ。

米粒のように小さく、蠢いている。

「ま、まさか……」

みゆきの呼吸が荒くなっていた。背中を不自然に反らしてはがくんと倒れ、口をパクパクと開閉させている。

「イぐイぐウゥゥ……イぐゥゥゥゥ……オマンコ超きもぢよくてぇぇ……うふふ……ふふ……はあん……っ、ぼこぼこ来たよぉぉぉ……ッ」

みゆきはうすら笑いを浮かべながら、股間を突き出すような格好で震えていた。

陰部から米粒に似たものが、少しずつ顔を出している。濡れた淫裂が震えていた。

溢れ出た白濁が流れて、地面を湿らせている。こんなにも膣穴に入っていたのかと驚愕するほどの量だった。

「……うぐっ⁉」

「みゆき⁉」

みゆきが目を見開き、硬直してしまった。ぎょっとした顔は、恐怖におののいている。

震えがだんだん酷くなっていく。不自然にも陰唇がバクバクと開閉していた。

「みゆき！　みゆきしっかりして！」

「んほほほほほほほほぉぉーーーーっ！」

ビシャビシャと雌汁が噴水のように吹き出す。

と、同時に淫穴がぱっくりと開き、ウジやナメクジが溢れ出してきた。

みゆきは黒目をぐるぐると奇妙に回していた。内腿が派手に痙攣している。

「ひぃぃっ⁉　ウジがぁ……な、ナメクジがぁぁ……こ、こんなに……たくさん……っ」

おぞましい蟲はワラワラと現れ、その躰を這い、腹や胸を覆った。

みゆきは躰を弛緩させ、だらだらと涎を零していた。何度も絶頂し、呆然としている。フニャリと微笑を浮かべては、潤んだ目で辺りを眺めていた。

小夜はあまりの光景に、言葉をなくしてしまった。

妖魔に襲われ、体内に蟲の卵を植えつけられたのだろう。

「あはは……ひひひ……産まれたぁぁぁ。ウジの赤ちゃんがぁぁ……一匹二匹……ふふ。可愛いぃぃぃ……ふふ……アハハ……」

みゆきは壊れたように笑っていた。ウジやナメクジの妖魔は、絶えず粘液を零している。

当然、それらには媚薬が含まれていた。

これだけの数を体内で育てていれば、常に媚薬の中毒状態と言っていい。

「あ、ああ……みゆき……っ、そ、そんな……」

「んん……っ、ふは、はぁぁぁ……うふふ。赤ちゃんたらなんていい子なのぉぉ……ママを気持ちよーくしてくれて……うふふ……ふふ……」

ウジやナメクジがみゆきの乳房に辿りつき、柔らかさを堪能するように揺れている。陰部から産まれたものが引き返し、膣穴へと潜り込もうとしていた。

それはまるで、母親の敏感なところを狙っているかのようだ。

「みゆき、わ、私が……今……っ⁉」

小夜が蟲たちを祓おうと、手を伸ばしたときだった。驚くほど、彼女の躰は冷たくなっていた。まるで氷に触れたようだ。生きた人間の体温ではなかった。

小夜が飛び退こうとした瞬間、みゆきの冷たい手のひらがその手首を掴んだ。

「きゃあ⁉　み、みゆき……っ、は、放して！」

「ふふ……っ、あなたもこうなるのよ？　うふふ……ふふ」

「くうぅぅっ⁉　やめて……っ、んん⁉」

いきなり足元の土が盛り上がったのだ。

小夜は地面に倒れ込んだ。視界に飛び込んだのは土を掻き分け、蘇ろうとする男たちだった。

「妖魔⁉　やっぱり……罠だったのね！　きゃああ⁉」

複数の手が、わっと小夜に向かって伸びてきた。

腐って指がもげていたり、骨を突き破っていたりとあからさまに生きた人間ではない。

大勢の腐った手に引き倒された小夜が、地面を這いつくばる。

〝グオォォォォ……〟

〝ううぅぅぅぅ……〟

腐った男たちはのろのろと小夜の躰を掴み、着物を脱がしては押さえ込んでくる。

ボトボトと辺りにウジやナメクジが零れ落ちる。小夜の顔や躰にまでその感触があった。

「放して……っ、ひっ⁉　い、イヤあああぁぁっ！」

小夜が避けようと男の腕を掴むと、それはぐちゃりともげてしまった。

「きゃあああ⁉」

退けても退けても、手が伸びてきては小夜の胸や、脇腹、太腿など、あらゆるところをまさぐってくる。

〝グヒィィィ……〟

〝うおおおお……〟

「うぅっ、すごい匂い……かび臭い……っ、うううっ」

小夜は鼻がもげそうなほどの、悪臭に耐えていた。

襲ってくる男たちは腐乱し、ところどころからは白骨が覗けていた。

目が飛び出し、手足は欠け、腹から臓腑をぶらさげている者もいる。まさに地獄の様相だった。

ゾンビの群衆に囲まれ、絶えず柔肌をまさぐられ、小夜はただ翻弄され続ける。

身動きが取れない……この屍体、すごい力っ！

そ、それに……っ、だ、男性器が……っ、もっこりしてるじゃない⁉

腐った男たちの股間が、しかしそこだけは生命力を感じさせていることに、小夜は気づいてしまう。

尻にその硬いものが押しつけられた。

先端が濡れており、発火しているように熱い。

冷たい屍体のはずが、そこだけは雄の情熱がみなぎっているのだ。

「ひぃぃっ⁉　ダメダメーーー！　ウジだらけじゃない……⁉」

小夜の声が聞こえるはずもなく、ふたりのゾンビが彼女の膣穴とアヌスとに、男根をねじ込んだ。

ぢゅぷぷっ。

淫らな音を立てながら、互い違いに突き込んでくる。

小夜は腐った男の躰に上下から挟まれ、二穴を男根に犯されていた。

強い突き上げに上半身がゆさゆさと揺れ、ギシギシと骨盤が軋み、息が止まりそうになる。

「う……っ、ぁ、ああ……や、やめて……っ、ひぃぃ……っ」

どれだけ拒絶しても、腐った男たちは止まらなかった。夢中で小夜の美肉を貪り続ける。ウジやナメクジが、小夜の白い肌に落ちてくる。蟲の雨が止むことはない。

ピチピチと跳ねるウジが気持ち悪くて、顔を背《そむ》ける。細かい蟲が蠢く様は、生理的にきつかった。

〝グオォォォォ……っ〟

〝うおおお……うおおおお……っ〟

腐った男たちが地獄の底から響くような声を上げる。

躰はこんなにも朽ちているというのに、男根は硬く雄々しく、揺れ続けていた。

二穴の男根が、息をあわせたように同じリズムで突き込んでくる。

そのたびに、小夜の中で湿った音が響き、それがまた、彼女を責め苛《さいな》んだ。

「あ、あぁ……も、もう……っ、やめてぇぇぇ……くは、あぁあ……っ！」

膣穴と子宮の辺りを集中的に擦られているうちに、小夜の中で官能のさざ波が湧き立つ。

限界以上に押し広げられた二穴が収縮し、ペニスを美味しそうに咀嚼《そしゃく》している。頭の芯が蕩けるようだ。

摩擦の振動は下半身から脊髄へと伝わり、ゾクゾクするほどの快感が背中を疾《はし》った。

小夜はハッとして顔を上げる。

「あ、あぁ……っ、い、今のは……っ、気のせいぃ……っ、私は……っ、感じてないぃぃ、腐った……妖魔になんて！」

ほんの一瞬でも気持ちがいいと思った自分が許せなかった。

〝グヒィィィ……〟

〝うがあああああ……〟

腐った男たちが呻く。ボロボロの躰ではあるが、妖魔として生まれたわけではない。

元々は村人か、近くを通りかかった人々だろう。

今や耳や鼻がもげ、剥き出しになった歯はほぼ欠けている。

めくれた皮膚の下には、何匹ものウジが絡まりあっていた。

「あ、あああ……腐ったデロデロの屍体なんて……気持ちが悪いだけよ……っっ!!」

男根の揺れ幅が大きくなる。子宮の深いところを、ふたつの男根が揃って突き込んでいた。

がくりと小夜が前に倒れる。その尻はブルブルとゼリーのように震えている。

「んぐぅぅぅーーー……」

小夜が嬌声を上げ、両肩を震わせる。また愉悦が疾《はし》ったように思えた。

二穴の突き込みが激しくなっていた。突き込むたびに飛散するウジが増え、小夜の躰に落ちてくる。

〝ううぅぅぅ……〟

〝があぁぁ……〟

「んん……っ、ああもう……っ、やめてよぉぉ……っ！」

耳元で延々と響く抑揚のない唸り声が、小夜の神経を逆撫でしていた。

この場にいる腐った男たちは、誰もがこの妙な声を上げている。

怨念がこもったお経のようで、聞くだに忌《い》まわしい。

もうイヤ！　こんなおぞましい状況で、気持ちよくなるわけがないのに……っ！

二穴で律動する男根は、小夜の急所とも言える、深くて感じやすいところを捉えていた。

ゆったりとした動きから、急に速度を上げたりと、死者に似あわぬ技巧で小夜の欲望を揺さぶってくる。

快感があっても認めないと、表情を強張らせていた小夜だったが、それもだんだんと揺らいでくる。

「くは、あああ……あ、あ、ああっ‼　おおおお尻ぃぃ……っ、も、燃えちゃう……っ」

顔を真っ赤にしながら、声を上げる小夜の顔には、雌の悦びが浮かんでいた。

小夜自身も気づき始めていた。もうごまかしきれないと。

「あ、あれぇぇ……目がぁぁ……ぼやけるぅぅぅ……っ」

二穴を擦られるたび、小夜は総毛立つような衝動に駆られていた。

「だ、ダメぇぇぇぇ……あしょこ壊れちゃうぅぅ～～っ！」

抽挿のたび、上半身が押し上げられ、ふわっと躰が浮かぶような錯覚に陥る。

小夜の目は潤み、頭の中には快感物質が洪水のように湧き上がっていた。

〝ウボボボーーー！〟

〝ぐぇぇぇぇ……〟

腐った男たちが濁った声を上げる。射精に向けて、急に角度を変えてきた。

「んぐうぅぅーーーー‼」

男根ふたつが小夜の中で反り返り、二穴が摩擦で発火しそうなほどに暴れていた。

「らめぇぇっ！　らめらぇっ！　れっかくなっちゃうぅぅぅ～～っ！」

小夜はガチガチと歯を鳴らし、声を振り絞って嬌声を上げた。

本人も気づかいないうちに、大胆に尻を突き出し、犬のように振ってしまっていた。

昂《たか》ぶる愉悦は、既に理性では制御しきれなくなっていた。

「すごいぃいぃい……飛んじゃってるぅぅぅ……むおおお、ひゃあああぁっ!!」

性感が絶頂にまで一気に駆け上がり、小夜の視界が真っ白に染まる。

がくがくがくぅぅッ！

指先にまで快感が流れ込み、心地よさに意識が遠退いていく。

「あ、あぁぁぁ……らめぇぇ……っ、しゅごしゅぎいぃい……っっ!!」

その瞬間。

どくんっ！

腐った男はくぐもった声を響かせながら、熱い白濁を撒き散らした。

どくん！　どくく……ッ！　どくぅぅ……っ！

激しい抽挿のたび、腐敗した躰は肉片を散らせ、まるで崩れていくようだ。それにもかかわらず、ブルブルと震えて放精に夢中になっている。

「ううぅぅ……っ、んんっ!?　うぅ、ぐは……っ」

子宮に白濁が流れ込み、小夜の本能がますます刺激されてしまう。

腹の奥が灼《や》けて、顔がだらしなく緩む。

とそのとき、二穴に収まっていたものの動きが止まった。

腐った男は硬直していた。しかし、小夜の内股は震え出し、頬が赤くなっていく。

「こ、これって……ウジ？　な、ナメクジも……っ、ボトボトって……ずっと……」

ぼんやりする小夜だが、自身の膣穴と内股の違和感に気づく。

おそるおそる覗き込むと、だらだらと逆流する精液には、ミチミチと跳ねるウジが混ざっていたのだ。

すり潰され、原型が残っていないものもある。

「あぁ……ここで……虫が……潰れて……余計に私を……くふ、うぅぅぅ……」

みゆきの痴態が目に浮かぶ。この蟲たちは妖魔であり、体液には媚薬が含まれている。

あろうことか、男根にも蟲たちは付着しており、小夜の膣穴とアヌスですり潰され、溢れた精液に混ざりあってしまった。

その、媚薬効果のある成分を、小夜は素肌と二穴の両方で受け止めてしまったのだ。

「んん⁉　だ、ダメ……っ、う、動いてないのに……っ、ポワポワしちゃうぅぅ……っ！」

頭では嫌悪感を感じていても、小夜は尻を卑猥に振って、自分から男根を求めてしまう。

腐った男の剥がれた腐肉や皮膚が、辺りにバラバラと散らされる。

「ああ……っ、お尻がキュンキュンしちゃうぅぅ……あ、あああ……んんーーー」

小夜はポカンと口を開けたまま、腰を前後に揺らしていた。

尻を突き出し、膣壁をぐりぐりと亀頭へと擦りつける。

と、止まっていたはずの腐った男たちが、小夜に促されてまた抽挿を始めた。

二穴に入ったままの男根も、小夜の淫肉の締め上げに応じて膨張している。

「ああっ、ま、また……っ、ガッチガチになってきたぁぁ……お尻が蕩けるぅぅ……っ」

小夜が両肩をすくめて、気持ちよさそうに腰をくねらせる。

二本の剛直も、それに感化されたようにガツガツと強く突き込んでくる。

口をだらしなく開いて涎を溢れさせ、小夜は快感に翻弄され、あらぬことを口走った。

「腐った妖魔すごいぃぃぃぃ……っ、ああらめぇぇ……これ以上ダメぇぇぇ……狂っちゃううぅぅうっ！」

背中を大きく反らせ、止めどなく湧き上がる絶頂感を存分に味わっていた。

「ふはぁぁぁ……っ、あしょこがボワッって燃えちゃったにょぉぉ……」

細いウエストをビクビクと跳ねさせながら、ただ歓喜の声を上げる小夜。

「うふふ……ブチブチウジが潰れりゅぅぅ……っ、うふふ……たーのしいぃぃっ！」

涙と唾液でドロドロになった顔は、楽しそうに笑っていた。

「しゅっごいぃぃぃ……これがいい……っ、いっぱい欲しいのぉぉ……ッ！」

収縮し続ける雌穴が、腐った男の男根を噛み締め、精を搾り取っていく。

〝ぐおおおおおおおっ！〟

〝うぁぁぁ！〟

腐った男たちは肉片をボトボト撒き散らしながら、なおも射精を続けた。

どくぅぅ……ッ！

どぷぷッ！

「おぁぁぁぁーーーー、来た来たぁぁぁぁ……ミルク来たぁぁぁ!!　粒々のウジ入りミルクゥゥゥ……ナメクジ蕩けたミルクゥゥゥ……ッッ!!」

小夜は目を潤ませて微笑しながら、二穴で弾けた白濁を味わっていた。その熱さがますます彼女の欲情を昂ぶらせる。

ウジとナメクジが潰れるブチブチという音が、延々と鳴っていた。

それを聞くほど小夜の胸が高鳴り、興奮が止まらなかった。

腐った男ふたりは、よく見ると破れたシャツの胸に刺繍があった。

小夜は天国にでもいるような気分で、目を凝らした。

「うふふ……あれぇぇ？　小山……うふふ……そうねぇ。アレは大きな山みたいだったけどぉ。うふふ……隣の人は……ん？　同じ小山？」

首を傾げながら、小夜がちらりと腐った男を見る。

肌が黒ずんでおり、落ちくぼんだ目元は暗かった。

恍惚としながらも、おぼろげな記憶が蘇ってくる。

この「人」の顔を、私は知っている……。

幼い頃、浴衣を着て夏祭りに参加した。

村人みんなでやぐらを囲んで盆踊りをして、太鼓の音が夜空に響き——。

「村長……さん？」

小夜が幼い頃、大雨が降って〝三の山〟で崖崩れがあった。

そのとき村人を救おうとして山に入った者もまた、崖崩れに巻き込まれてしまったのだ。

遺体は懸命な捜索にもかかわらず、全て見つからなかったという。土深くに埋まったか、動物に喰われたのか……。

この辺り一帯が墓地だったというのもあって、祟りや呪いという噂もあったが、真実は定かではない。

「あ……ああ……う、うぅ……私、ここに……引き寄せられたのね……」

幼少の頃、村長の膝に乗って絵本を読んでもらったこともあった。

優しくて温和だった村長。崖崩れに遭い、助けに入った息子もまた——。

不気味な呻きが辺りに響く。鬼子村の山々は、小夜の想像を超える深い歴史があった。

その悲劇の男たちが今、朽ちた躰で蘇り、小夜を襲っていた。

「く……っ、うぅぅ……ん？　雨……？」

見上げると空は曇り、雨足が強くなってくる。

〝ぐおおおぉぉ……〟

〝うううぅぅ……っ〟

腐った男たちは雨に打たれ、その肉体はますます崩壊していく。

バタバタと座り込み、躰の一部がもげ落ちた。小夜を襲っていた男も同様だった。

気がつくと、小夜は解放されていた。

しかし、躰に力が入らなかった。絶頂しすぎて体力が尽きている。

「あ、ああ……びしょびしょに……濡れて……う、うぅぅ……」

冷たい躰に雨が降り注ぐ。そのまま体温を奪われ、小夜は気を失ってしまった──。


「ん？　ん……っ、冷たい……っ」

小夜が顔を上げる。雨は上がったようだが、生い茂った樹々から露が落ちていた。

ゆっくりと上半身を起こす。躰に力が戻っていた。

辺りには悪臭が漂っている。腐った男たちの亡骸や、カビの匂いが雨に溶けて混ざっていた。

鼻をつくような悪臭に、小夜は頭痛がしてしまった。

村長さんと……息子さんが……。

朽ち果てて妖魔になったとは言え、鬼子村にとって大切な存在だった。小夜の胸がずっしりと重い。

よろよろと汚れてしまった着物をはたいて、綺麗にする。幸い、さほど濡れていなかった。

まさか……死者まで蘇らせてしまうなんて。〝三の柱〟の仕業《しわざ》ね。なんて恐ろしい能力の持ち主なんだろう……。

小夜は恐怖に呑まれそうになりながらも、愛刀を探した。

水で濡れた草むらに、キラリと光る柄が見える。

小夜はそれを取ろうと手を伸ばすが、ただそれだけで躰の節々が痛む。

腐った男たちふたりに……あそこまで……。

まだ陰部になにかが挟まっているようだった。それは膣穴もアヌスも同様だ。きっと摩擦で赤らんでいるだろう。

思い返すと胸が潰れる思いだった。

と、そのとき。

「きゃあ⁉」

突然、小夜は足を取られてしまった。見ると、そこには人間の手首が転がっており、それが彼女の足首を掴んでいた。

指先はほとんどが骨になって、動くたびにカラカラと不気味な音を立てる。

「く……っ」

小夜はしがみつく手首を振り払った。バラバラと骨が外れて、地面に落下していく。
気を取り直し、草むらの愛刀を拾い上げようとして、再び強い瘴気を感じた。
——いる。妖魔が……！
刀を握って静かに辺りを見回し、ハッとする。
大きな犬が、腐った男の一部を食べていたのだ。
よほど腹を空かせていたのか、勢いよく食らいついている。
「屍を……喰らっている⁉　う……っ、うぅ……」
小夜は吐きそうになってしまった。
片目がもげており、牙を剥いた口元は、唇がないため歯茎が剥き出しになっている。
この犬もまたゾンビ化し、妖魔となっているのだ。
「夢中になっている今なら……チャンスッ！」
小夜が跳び上がる。腐った犬は想像以上に大きくて、猛獣そのものだった。
しかしその妖魔へと、果敢に斬り込んでいく。
カキンッ！
鋭い音とともに、刀が弾き飛ばされた。
「ああっ⁉」
刀を握っていた手首が痺れてしまった。着地しようとした小夜が、よろける。

〝ぐおおおおおおお‼〟

と、その隙を突き、ゾンビ犬は真っ赤な口から牙を剥き、襲いかかってきた。

鋭い爪がギラリと光る。垂れ下がった片目がぶらぶらと揺れていた。

「あああああぁぁぁっ⁉」

巨大な犬が小夜にのしかかり、大きな脚で巫女服へと食らいつき、剥いでいく。

小夜が抵抗して暴れるが、妖魔の鋭い爪が背中をぐいっと押さえ込んでいた。

「くうぅぅ……っ、馬鹿力ねっ！　んんっ、ど、どいてぇぇぇ……っっ‼」

〝ガルルルルルッ！〟

巨大な犬の前脚は力が強かった。踏み込めば、小夜の肌など爪で破ってしまうだろう。

爪がギリギリ喰い込んでくるのを、小夜は実感していた。

「うぅぅっ！　つ、潰される……っ、んん、ふは……っ、あ、あぁ……」

小夜は押し潰されまいと、懸命に堪えていた。

耳元では、牙を光らせた口が大きく開いている。

唾液が糸を引きながら垂れており、それが小夜の頭へと滴る。腐肉を食べた悪臭に気絶しそうになる。

臭いっ！　息と涎と腐った肉でもう……ガマンできない……っ、で、でも……ピタピタって当たってるこの……硬いモノは……っ、？

その牙は、今にも小夜を喰わんばかりだが、しかしその下腹部ではまた違うモノが攻撃性を露わにしていた。

「ま、まさか……っ、今度は……っ、腐った犬に⁉　い、イヤあああぁ！　や、やっと……終わったと思ったのに！」

その硬い感触が犬の男根であると確認して、小夜は悲鳴を上げた。

「し、しかも……っ、あ、ああ……っ、信じられないぐらい長い？」

その長さは、ついさっきの腐った男の倍はあろうか。

これが膣穴に入ればどうなるかと考え、小夜は震え上がる。

「だ、ダメぇぇっ⁉　い、挿れないでぇ……な、長すぎて……っ、突き抜けちゃう……っ、む、無理よ……っ、イヤ、やめてってばっ！」

小夜が首を横に振って、懸命に拒絶する。

しかし、腐った犬の長い肉竿はポタポタとガマン汁を垂らしながら、その先端を小夜の淫裂へと向けた。

「イヤあああーー、あ、あ、あ、あふ……っ⁉」

〝ガオオオオーーーッ！〟

おぞましい咆哮《ほうこう》に、小夜はぎゅっと両肩をすくめた。

その次の瞬間、とてつもなく長い肉竿は、彼女の秘唇を貫いていた。

小夜は背骨が折れるような衝撃に、顔を顰《しか》めた。全身が強張って震えが止まらない。

「んが……っ、くふ！　うぅぅぅぅ……」

自分の膣穴が、こんなにも長い男根を収められるとは、到底思えない。だが、事実ずっぽりと入り込み、揺れ動いていた。

硬く長いものが一直線に行き来する衝撃を、小夜は歯を食い縛り、ただ耐えた。

ああ、でも……痛くない？　もう私、ぐっしょり濡れてる？

自分の濡れ具合が、想像以上に過剰で戸惑ってしまう。こんなにも濡れやすくなったのだろうか？

そう思うと羞恥で赤面してしまう。自分がどんどん妖魔に染まって、好色になったようでつらかった。

「んぐ……っ、うぅぅぅぅっ、ち、違うぅぅ……っ」

否定しようとする小夜の気持ちが理解できるはずもなく、犬は興奮する一方だった。

〝ウオオオッ！　がるるる……〟

小夜の膣穴が気に入ったようで、夢中で出し入れしてくる。

そのたび、じわじわと染み出した蜜汁が雌穴から溢れ返った。

「ひゃあ！　あ、ああ……こ、こすりすぎぃぃぃ……っ、あ、あが……っ、ひぃぃ……」

腐った犬の巨根はバネのように弾んで、膣穴を掻き回してくる。

小夜の耳元に荒い吐息がかかり、零れた唾液で頬がベトベトに濡れてしまった。

悪臭に顔を顰めながらも、どうしようもできずにただ抽挿に耐えるしかない。

〝ウオオオオオオオッ!!〟

「み、耳元で鳴かないでよ……っ、躰が……持ってかれそうなのにぃぃぃ……っ」

まさに獣欲のままに、高速で男根を突き入れられ、小夜は目が回りそうなほどであった。フルパワーの律動が止まらない。まったくペースを落とすことなく、男根は揺れ続ける。

「あ……っ、よ、涎……っ、ボタボタすごい……っ、んん、これにも……媚薬がぁ？」

小夜がハッとする。ずっとこの唾液を浴びていた。口にも入っている。

もう手遅れなほど、媚薬を飲み込んでいた。

「んん……っ、ふはっ!!　あ、ああ……ダメ……媚薬飲んじゃってるときに……こ、こんなに……激しくされたら……アアアァーーー……ッッ!!」

小夜が喉を見せながら、激しくよがる。感度が爆上がりしていた。

そこへ腐った犬の猛烈な抽挿運動が襲ってくる。

腰を振り、中に溜まった淫汁や精液を掻き出しているようだった。

甘ったるい感覚が腰から手足へと広がってくる。今にも小夜は絶頂しそうになっていた。

ああ、私……また感じちゃって……いいようにされちゃうなんて。で、でも……。

ついさっきまで腐った男に挿入されていたふたつの穴には、その精液が残っている。

腐った犬が執念を感じるほど、細かく抜き差しをする理由は想像できた。

「中の……精液……っ、掻き出そうとしてるの……っ、だから……そんな激しく……っ？」

〝ぐおおおおおっ!!〟

小夜の問いかけに、そうだとばかりに強く震わせてくる。

獣であり妖魔であるとはいえ、雄としての本能が、小夜の膣穴に残る精液を掻き出そうと必死になっていたのだ。

長い肉竿で中に入った精液を外へ出し、膣壁全てを擦り上げて、己のものに造り変えていく。その作業を終え、好みの女性器が出来上ってきたせいか、妖魔はいよいよ興奮しているようだ。

「う……っ、あ、あぁ……っ、ひぃぃぃ⁉　すごいぃぃぃ……あぁ……っ！」

脳内がじわじわと快感に侵食されていく。腰の辺りが湯に浸かったようだ。

ガツガツと突き上げられるたびに、膣穴の限界が広がっていく。

子宮口を執拗にこねくりまわされ、そこにばかり意識がいってしまう。

長い肉竿で肉路がぶわりと脹《ふく》らみ、感じやすいところが反応している光景までが目に見えるようだ。

「ふはぁぁ……っ、ブルブルすごぃい……中がぁ……ぶわってなったぁぁ……ッ‼」

愉悦に翻弄され、理性が消し飛んでいく。ジェットコースターで高みから一気に滑走しているようだった。

腐っているはずの男根は、活き活きと挿抜し続けている。

その与えられる快感に、震えが酷くなっていた。堪えようのない衝動が、雌の欲望を沸き立たせてくる。

「はぁ……はぁ……んんっ、もうダメぇぇぇ……ッ、あぁぁぁ～～～～……ッッ‼」

小夜は絶頂を自覚していた。

腐った犬の長くてパワフルな男根が雌穴を造り変え、小夜を絶頂しやすくしてしまったのだ。

〝ガオオオオーーーッ‼〟

まう。

「と、止まってぇぇぇぇ……もう揺らさないれぇぇ……っ、気が狂っちゃう……っ！」

小夜は無意識に腰を揺らしていた。犬のピストンにあわせ、躰がいやらしくくねってしまう。

小夜の躰は、既に快楽に負け、さらなる絶頂を貪ろうとしているのだ。

「なんかれちゃいしょぅぅ……ああ、らめ……っ、ひゃあああぁぁぁ……ッッ‼」

〝ガウ！　ガウガウ！　ウォォォォォォ！〟

妖魔がいよいよ射精に向けて、叩きつけるように男根を動かしてくる。

これまで以上の力の抽挿に、小夜は驚愕した。

「すっごいのぉぉ！　ふは、あ、あ、あ、ああーーーーっ‼」

びくんと、小夜がその肢体を大きく反らせた、その瞬間。

どくんッ！

肉塊もまた跳ねて、男根から子種汁を放出した。

どく！　どくん！　どくくッ！

禁断の快楽に、白目を剥く小夜。

どくぅ！　どくんッ！

長い肉竿が跳ね、子種汁が迸る。

「あうぅ……っ、ま、まら……っ、れ、れてるぅぅ……う、うぅぅぅ……ッッ‼」

〝ウオオオオッ‼〟

その量は想像を遥かに超えていた。膣奥をツンツンと突くように亀頭が震えている。

小夜は呆然としていた。躰の隅々にまで強烈な快楽が行き渡っていた。

無意識に口がだらしなく開く。幾度も幾度も押し寄せる絶頂に放心していた。

「ふふ……ながいのって……ヘロヘロになっちゃうんらねぇ……ふふ……ふふ……」

夢のなかにいるようだった。絶頂が止まらず、勝手に肢体が痙攣してしまう。

いかにもご機嫌といった様子で、頭を左右にふらつかせていた。

腐った犬の生臭さや、腐肉の悪臭が、今や心地よさの源泉のように思える。

「ふふ……うふふ……ワンコォォ……すっごいのぉぉ……ふふ……ん？　ひゃんッ！」

と、小夜の躰が跳ねる。

射精したばかりの男根が、頑《かたく》なさを保ったまま、再び抽挿を始めたせいだ。

小夜はまたあの興奮がやってくると思うと、期待で胸がいっぱいだった。

「あ、あ、ああんっ‼　しゅごいのぉぉぉぉ……っ、ゴリゴリきちゃううううう……っ！」

自分から、尻を突き出す。

腐った犬の男根が欲しくて、気持ちよくなりたくて、夢中だった。

「あ、ああ……っ、すごいの……っ、ああ、来るぅぅぅ……また、来るぅぅぅ……っ！」

目を細めながら、押し寄せる愉悦に身を任せる。

身も心も蕩けており、その唇からは勝手に笑みが零れてしまう。

長い肉棒は鋼鉄のように硬いまま、ズンズンと奥深いところを擦ってきた。

「はぁぁぁ……はぁぁぁ……っ！　そ、そこ……っ、欲しいのにぃぃ……っ」

気持ちよくて息が上がり、甘い吐息が漏れる。

犬のペニスは、焦らすように深いところの手前を突き上げていた。

ゾンビながら、本能的に雌を弄ぶ術《すべ》を知っているのだ。

欲しいものが得られず、小夜の丸い尻がエロティックに円を描く。

「ああん、こっちちょうらいぃぃ……あ、ああ……っ、お願いぃぃぃ……奥ぅぅ。ねぇ、わんこさあぁぁん……っ！」

小夜が尻を揺らし、犬を誘惑する。膣壁を擦り上げつつ、男根がだんだんと奥へと届いていく。

「そ、そう……後少しぃぃ……はぁぁ……あ、あ、あ、ひゃん！　ふおぉぉーーー、来たぁぁ、あああん、いいっ！　めちゃくちゃにしてぇぇ……ッッ!!」

ついに犬の男根が、欲しいところへと到達した。

いやらしい雌犬のような小夜が気に入ったのか、肉棒の粘膜と膣粘膜とを擦れあわせる。

「そうこれこれぇぇ……しゅっごいのぉ……ふふ♪　きもちいいのぉぉぉ……っ」

まるで羽根になって、ふわふわと空中を浮遊しているかのような絶頂感。

小夜は快感で肉体の制御もできず、ただだらけきった笑みを浮かべるのみだ。

「ああ、ふわんふわんでぇぇ……くねくねらぁぁ……ふふ……うふふ……ふふ……っ」

妖魔の男根に完全に心を奪われ、彼女は至高の幸せを味わっていた。

頭は真っ白で、ただただ男根から与えられる快楽を求めるだけの、獣の雌そのものだった。

〝ガオオオオオッ!!〟

腐った犬が雄叫びを上げる。いよいよ熱くたぎったものが込み上げていた。

「ガオオオオッ、ウオォォ……うふふ。ふふ……っ、わんわん♪ うふふ……ワンコさいこう……っ、うふふ……っ、ふふ……うふふ♪」

はしゃいだ声を上げる小夜へと、ゾンビ犬は抽挿を繰り返し――。

どくく……ッ。

またも白濁を撒き散らした。熱い雄汁が膣奥へと流れ込んでいく。

「ま、またれたぁぁ……っ、みるくらぁぁ……熱くてキモチいいぃぃ……っっ！」

背中を反らせてはだらりと弛緩させるといったことを繰り返し、小夜はただ、延々とやってくる絶頂に身を任せていた。

その口からは犬のようにだらしなく舌を垂らし、白目を剥いて。

どく！　どく！　どくぅぅ……ッ！

「ひゃぁぁぁぁーーー、あっついの来た来たあぁぁぁ……むおおおおお……っ」

子宮の中で小さな噴水が吹き出しているかのようだった。

愉悦が腹の奥へと侵入し、細胞までを溶かしていく。

躰の中でドロドロの甘いジュースができて、脳がそれに浸されているかのようだった。

「はぁぁぁ……はぁぁぁぁ……あれぇぇぇ？　お腹が……ポンポンにぃぃ……？」

自分の腹を見て、小夜は小首を傾げた。まるで妊娠でもしたかのように膨らんでいる。

「あー、そう言えばぁぁ……たっぷん、たっぷんらよぉぉ……精液、逆流してないぃぃぃ……んん……っ、ここに……いるんらぁぁ……ふふ……ふふ……」

腐った犬の男根には、根元に亀頭球というかえしのようなものがついており、男根が抜けにくくなっている。

そのため、小夜の膣穴にも精液が溜まり続け、腹部にまで及んでしまったのだろう。

「うふ……せーえきいぃぃ……気持ちいいよぉ、このお腹のでっぱったぶんだけ気持ちよくなるぅぅ……ああん、ビクビクしちゃうんらねぇぇ……」

絶頂に翻弄され、呂律《ろれつ》の回らないままに、小夜は甘い声を上げた。

犬の唾液を飲み、大量の白濁を腹に溜めている今、身も心も発情した雌犬だった。

〝がおおっ!!〟　〝ウゥゥゥゥ……〟

「んん？　ろうしたのぉぉぉ……ひゃ！」

ゾンビ犬が精を出しきって、ペニスを引き抜いた。

と同時、小夜の秘唇は大きく開かれたまま、精液を溢れさせたのだ。

「むほほほほ……っ、せーーえきれてきたぁぁ♪　あははは……はは……おもらししたみたいぃ……しゅっごくぎもぢいいぃいぃ……っ」

ふんだんに媚薬の含まれた精液のため、すさまじいまでの愉悦が続く。

小夜はふらふらになりつつも、それらを味わい、満足していた。

「せーえきせーえきぃ♪　たのしいなぁ……キモチいいな……ふふ♪　ふふ……」

多幸感に浸りつつ、小夜はただ、うっとりと視線を彷徨わせていた――。

〝ウキキーーーッ!!〟

〝キャキャッ！〟

〝キーーー！　キーーー！〟

甲高い獣の悲鳴が聞こえてくる。

いまだ腐った犬に押し倒されたままの小夜が、そのけたたましさに顔を顰めた。

小型の妖魔が森の樹々を飛び交っている。手が長くて被毛に覆われていた。

「んん？　あれは……猿？」

数匹の山猿だった。しかし、目が妖しく光っており、ただの野生の猿ではない。

〝キィィーー〟

〝ギャン！〟〝ギャン‼〟

気づけばその山猿たちが、小夜に覆い被さっていた腐った犬に襲いかかっていた。

山猿二匹は、腐った犬を小馬鹿にするようにちょこまかと動き回り、がぶりと首に噛みついた。

〝キャンキャン！〟

ゾンビ犬が、子犬のように情けない声で鳴いている。

体躯では犬のほうが山猿の何倍もあるというのに、二匹は息のあった素早い攻撃で、圧倒してしまった。

腐った犬の躰からドス黒い血が流れ、腐肉がベロリとめくれる。

「きゃ……っ、あ、あぁ……ん？」

犬の前脚の戒めが、急になくなり、小夜はぐたりと倒れ込んでしまった。

〝キャンキャン……〟

腐った犬は足を引きずりながら、ズリズリと森の奥へと逃げていった。

しつこい攻撃に参って、敗走したのだ。

山猿はうまく走れないゾンビ犬を、バカにしきったように石を投げつけた。

ぶつかったところから腐肉が落ちて、ますます歩きにくくなっている。

〝キャッキャッ〟

〝ウキキキキキーッ〟

それを見た山猿は、笑い声を上げていた。

小夜の脳の片隅に、理性が戻る。

すぐにでも刀を拾って、山猿を斬るべきだと判断するが、躰はまだ熱くて快感に反応しており、また体力もそこまで回復していなかった。

息を潜めてじわじわと動き出す。

山猿が腐った犬に夢中になっているうちに逃げよう……こんなにタチの悪い山猿の妖魔なんて……今の私じゃ太刀打ちできない……。

静かに草むらへと移動したはずだったが……。

いつの間にか、その目の前に山猿二匹がおり、じっと顔を覗き込んでいた。

「……っ⁉」

小夜は心臓が止まりそうなほど驚いた。

すばしっこいとは思ったが、ここまでとは。

どう見ても山猿の目はいやらしく光っている。

「い……イヤあああーっ！」

這いつくばって逃げ出そうとした小夜だが、急に足を取られて、宙に躰を持っていかれ

てしまった。

視界が空や地面を行ったり来たりしている。目まぐるしく動く視界に、自分がどうなってるのかもわからない。

「んん……っ、ひっ⁉　あ、ああ……っ、くぅぅ……っ、ツ、ツルがぁぁ……」

見れば小夜の躰は、植物のツルに囚われ、縛り上げられていた。

ギリギリと胸に喰い込むツルに、目を見張る。乳首がぷっくりと膨らんでいた。

急に風に晒され、勃起した乳首がむずがゆくて、つい悶えてしまう。

しかし、恥ずかしい格好になっているのは、胸だけではない。

「うう……っ、くふ！　はぁぁ……脚が……っ、開いたままじゃない……っ、これじゃあ、丸見えだわ……っ」

小夜は脚を大きく開かされ、ツルで固定されていた。

ついさっきまで、犬の長い男根が入っていた膣穴が露出している。

そこからはたっぷりと放たれた白濁が垂れ始め、小夜の腹までを汚していた。

「い、イヤあああ……っ、せ、精液……が……垂れて……あ、あそこを……っ」

下半身に力を込め、陰部を閉じようとする。

だが、大きく開脚した体勢ではまったく意味がない。

しかし、小夜は諦めなかった。この女陰を見せつけるような格好が耐えられなかったのだ。

〝ウキキッ♪〟

〝キャッキャキャ〟

小夜がびくんと肩を震わせる。山猿二匹が、近くの枝に掴まり、小夜の試みを嘲笑《あざわら》っているようだった。

幼児ほどの大きさではあるが、股間には隆々と男根が勃っている。

小夜が震えながら、首を横に振る。山猿もまた、雌を見れば孕ませようとする妖魔の特質を備えていた。

「や、やめて……っ、い、イヤ……っ、犯されたばかりで……ボロボロなのに……っ」

小夜は〝三の山〟へ来てから腐った男に二穴挿入され、次にゾンビ犬と、立て続けに襲われていた。

躰は疲弊していた。それ以上に堪えたのが、感化されて淫らになったことだった。刺激をされれば、悶えて喘いでしまう。そんな自分が嫌で嫌でしょうがなかった。

巫女という、神の使いにあるまじき禁忌を犯していた。

これ以上……襲われたら私……気がふれてしまうかも。ううん……っ、エッチな声をまた上げて……ああ、穢れていないはずなのにっ！

〝キーーーッ!!〟

〝ウキャアアア！〟

しかしそんな葛藤など知らぬげに、山猿二匹が飛びかかってきたのだ！

「きゃあああああーーっ？　んぶぶ!?」

小夜が悲鳴を上げられたのは、このときだけだった。次の瞬間、山猿が顔にしがみついてしまったためだ。

口を目がけて、隆々と脹らんだ男根がビタビタとぶつかっている。

「ふが……っ、臭い……っ、んんっ、や、やべで……っ、い、挿れないれぇぇぇ……っ」

顔を引《ひ》き攣《つ》らせて拒む小夜だが、男根はその口を執拗に狙ってくる。

勃起の先端はガマン汁を滴らせていた。

唾液のように垂れて、口や頬に降り注ぐそれを、小夜は思わず飲み込んでしまった。

「ひぃいぃいぃいっ⁉　ふがが……苦いぃい……う、うぅぅ……っ、んんっ⁉」

吐き出そうとしたそのとき、股間の辺りに覚えのある感触があった。

おそるおそる見てみると、もう一匹の山猿が男根を陰部に挿入しようとしている。

内股や淫裂には、だらだらとガマン汁が垂れていた。

小夜がブルブルと首を横に振る。耐えられなかった。

「イヤあぁ……っ、あ、あそこにもっ⁉　だ、ダメぇぇ……っ、入れないれ……っっ！」

〝ウキィィイッ！〟

〝キキッ‼　キャッキャッ〟

山猿は嫌がる小夜に興奮し、嘲笑うように声を上げた。

抵抗しようにも、こうもツルで拘束されていては動くことも叶わない。

「んーーーっ⁉　うぅぅーー、んぐ……っ、落ちてよぉ……っ！」

必死で躰を揺する小夜を、山猿たちが無駄な抵抗だと言うように嘲笑する。

どれだけ揺れても落ちるはずもなく、濡れた男根が小夜の口と陰部に近づいている。

「い、イヤあ……っ、んぐぐ……っ」

頑なに引き結んでいた口をこじ開け、ペニスが入ってくる。

「ぶむもぉぉぉ⁉」

同時に膣穴へも、男根が入り込んでいた。

「んぐぐ……や、ヤべれ……っ、口もあしょこもぉぉぉ……っっ！」

山猿の男根もまた巨大だった。これまでの犬の長い巨根と違い、太さが際立っている。

それがバイブのように細かく震えながら、奥へ奥へと突き込んでくるのだ。

口内のものも同様だ。子供の腕ほどもあるものが、ドリルのような回転速度で暴れ回る。

穴が空いてしまいそうなほど摩擦が強く、小夜の口内は灼《や》けるようだった。

〝ウキィィ！　キキッ‼〟

〝ウホオオオッ！〟

「んぶ！　んぶぶぶっ！　やりしゅぎぃぃ……っ、んぐぐ……っ」

二匹の山猿は、同じように細かく男根を震わせ、腰を振り続けた。

機動力抜群の男根に、強張っていたはずの小夜の表情が緩んでくる。

目が霞み、意識が遠退く一方で、躰が熱く疼き始めていた。

猿を振り払うために躰を揺らしたせいで、意識がぼんやりとしてくる。

ああ、フラフラしちゃってる。感じちゃってるのか、自分で揺れて酔っちゃって……情けない……っ、ああもう……どうなっちゃうのよ……っ？

ふたつの男根はプロペラの羽根のように振動し、奥も手前も入念に擦っていた。

小夜が感じるところを全て責めているといっていい。

やだ……っ、猿のアレがすっごい震えてる！　どんどんあそこがキュンキュンしてるじゃない……こ、このままじゃまた……。

ついさっき、痴態を晒していた記憶が蘇る。

腐った犬の律動に、歓喜の声を上げて何度も絶頂していたこと。

壊れたように笑って叫んでいた、忘れたい姿を。

「ひゃん！　そこらめぇぇ……ぬほぉぉっ！」

口の中を掻き回され、小夜の口からは涎が大量に溢れ、顎は震えていた。

子宮口を責めてくる男根と動きがそっくりで、どちらも小夜の劣情を燃え立たせていた。

「んぐ……っ、んぶ……っ、んぅぅぅ……っ」

口にも膣穴にも、山猿の男根をぴたりとはめ込まれ、小夜の躰の奥からは燃えるような快感が沸き上がっていた。

「んぼおお……っ、ん……っ、んっ、じゅぷぷぷ、あ、あぐ……っ、んむぅぅ……っ」

恍惚とした表情の小夜を、山猿がさらに蹂躙する。

「ん……っ、んぐ……イぐゥゥ……イ……っ、クゥゥ……ッ！」

めくるめく快感に、その表情はいよいよだらしないものになっていく。

脳は麻薬に漬かりきったように麻痺し、思考は停止していた。躰だけが雄に過敏に反応している。

絶頂した膣穴は酷くうねり、男根をきゅうきゅうと締め上げていた。

またイッちゃった……私、とってもエッチになってる……でも、汚い言葉は言ってないわ。そうよ。気持ちよくなっただけ……あれ？

その瞬間、小夜の首ががくんと反れた。関節が外れたように、頭がぐらぐらしていた。

〝ウオォォーーーーッ〟

〝キキィィィッ！〟

小夜は絶頂したまま、気絶してしまった。

山猿たちの責めに躰中を熱く沸き立たせ、昇天していた。

意識を失いながらも、そのなかで、時の止まった甘やかな夢を見ていた。

幸せでいっぱいだった。永遠に味わっていたい。

「んんん〜〜〜〜〜〜!?」

いきなり、髪の毛を全て引っこ抜かれたような衝撃で目が覚める。口の中が精液でいっぱいで呼吸ができない。鼻にまで垂れてきて、鼻孔の奥が痺れている。

「んむぅぅぅぅ……ま、まら……っ、ぐぢにぃぃぃ……ッ」

白濁の味は薄かった。さらっとしており、これまでの犬や屍体のような生臭さやねっとり感はない。

しかし量が多く、これだけを口内に放たれては、もはや飲む以外に選択肢がなかった。

「んん……っ、んん……っ、う、うぅぅ……っ」

精液を嚥下《えんげ》する小夜へと、猿たちの強い突き上げが、また始まった。

膣穴でも口内でも、精を放ったばかりの男根がまたむくむくと脹らみつつあった。

それに伴って小夜の頬もまたハムスターのように膨らみ、喉からはモゴモゴと苦悶の呻きが溢れてしまう。

「んぐ！　んぐ！　んごごご……っ、んん……っ」

そんな小夜の上と下の穴を、またも山猿は元気に、激しく掻き混ぜてくる。

と同時に、精力があり余っているのか、小夜にしがみついたまま、二匹はゆらゆらとツタを縦に揺らし始めた。

「ら、らめ……っ、余計に……っ、血が上っちゃ……うぅぅ……ッ！」

縦に揺さぶられ、小夜の意識はまた遠退いていった。

ふわりと躰が浮き、反動でズンと下がる。

ギシギシとツタが軋み、胸に、手足に喰い込む。

そのため太腿も胸も、締め上げられて大きく盛り上がっている。

そんな動きに身を任せ、小夜は上下に揺れながら、汗や体液を散らしていた。

「んぐ、んぐぐ……っ、あ、あが……っ」

と、山猿たちは、上下に跳ねる小夜の躰をシーソーのようにして弄び始めた。落下と同時に深いところを掻き混ぜ、ぐりぐりと粘膜を摩擦する。

「んぐ……っ、ひゃああ⁉　さっきより……すごいぃぃぃ……っ」

小夜の喉奥は早くも締まり、躰には愉悦が湧き上がりつつあった。

山猿の細かい振動や、巧みなストロークが彼女の性感を刺激するのだ。

〝キキッ、ウッキィィィ‼〟

〝ウホホホ！〟

小夜は半目になりながら、高まる愉悦に期待を感じていた。

「うぐ、うぐぐ……っ、しゅっごいぃぃ、あしょこもおぐぢも……トロントロン……ッ」

鋼鉄のように硬い男根が、小夜の子宮をコリコリとこねてくる。

強い快楽に衝《つ》かれ、腰が砕けてしまう。躰が空を舞っているかのようだ。

「あ、あ、ああぁぁ⁉　ふは、飛んでるぅぅ……ッ⁉」

体内で快楽物質が爆《は》ぜたかのように、小夜の肢体ががくがくとわななく。

心臓の鼓動が激しい。

それでも上と下の口へはズシンという重たい男根の突き上げが繰り返され、それはそのたびに小夜の理性を破壊していく。

「ふは、あ、あぁ……また……またイく……イくイくぅぅぅ……っ‼」

目の前が真っ白になる。喉から絞り出すように、歓喜の声を上げる。

そして絶頂が過ぎ去ると、小夜の全身からは生気が失われたかのように、くたりと脱力した。

しかしそれでも、粘膜への責めはよどみなく続く。

男根の振動は、小夜の劣情をなおも煽ってきた。

「んぶぅぅぅぅぅ‼」

びくびくびくびくんッ！

小夜はまたも絶頂してしまい、大きく身を反らせ、そしてパタリと気絶してしまった。

このまま絶頂を堪能していたい。夢のなかでならそうできた。

だが、さらにその次の瞬間にはまたも男根を激しく突き込まれ、即座に意識を回復させられてしまう。

「……んんっ⁉」

顔に白濁と雌汁が伝っている。ビシャビシャと飛沫が散ってきた。

山猿の欲望に限界はない。小夜の具合のよい雌穴が、よほど気に入ったのだろう。

止まることなく、ただただ腰を振り、雄叫びを上げている。

〝ウキーッ！〟

〝キキッ、キィィッ！〟

「い、息が……っ、できないぃぃ……っ」

そう言いつつも小夜は夢心地だった。

子宮が踊りそうなほど、律動の速度が上がっている。

口内も膣穴も同様で、さらに小夜を盛り立てていた。

「ら、らめぇぇぇ……っ、いっぱい……っ、のんらばかりらのにぃぃぃ……っ」

大量の精液で、彼女の腹は膨れていた。

突き上げられ、バネのように揺さぶられ、腹の精液が煮え立つようだった。

山猿は際限のない絶倫であり、何度射精しても満足することがない。

小夜がどうなろうが、美味しい雌穴の持ち主程度の認識だ。

「んぐ……っ、んぐ、ん……っ、あ、あたま……ぼやけて……う、うぅ……」

小夜はまた、ふっと寝落ちするように意識を途切れさせた。

空中で跳ねる衝撃が愉悦に変わり、絶頂の世界へと引き込まれていた。

意識の中には口内と膣穴だけがあり、そこから無限に快楽が与えられ続ける。

口元は緩み、顎が外れたようにカクカクと鳴っている。

山猿の抽挿は止まらない。

小夜の意識があろうとなかろうと、山猿にとっては最高級の肉穴であり、ただ腰を振り続けるのみだ。

どくんッ！

またも熱い子種汁が小夜の中へ注がれる。

どく！　どくん！　どくぅッ！

蛇口をひねったように、精が体内へと流れ込んでいた。

息のできない苦しさに、小夜が目を見開く。再び絶頂が断続的に込み上げていた。

「ん……っ、射精……イキ……きもちいいぃ……」

反射的に精液をゴクゴクと飲み下す。喉を通過する熱感もまた、小夜の欲望を駆り立てた。

絶頂が止まらない。小夜はうっすらと微笑を浮かべて、自ら男根に吸いついた。

子宮も喉奥も、山猿の熱湯のような白濁に愉悦を教え込まれていた。

「んん……う、うぅ……おいひぃぃぃい……あ、あぁ……」

撃ち出される精液を、小夜はもはや反射的に嚥下していた。しゃぶりつき、一滴残らず飲み干していく。

トロンとした目でぼんやりしながら、喉を鳴らしていた。

吊られ、揺らされ続けていたために頭に血が上ったままだった。

しかしそのため、彼女の脳内では浮遊感が増し、それはまるで天国にいるかのような感覚を、彼女にもたらしていた。

〝ウキキキッ、キィィィ‼〟

〝ハッハ……っ、ハッハ……っ〟

山猿は奇声を上げながら、妖魔らしい驚異の精力を発揮し、男根を律動させる。

どく！　どくん！　どくぅぅ……ッ！

全ての精力を出し尽くすとばかりに、射精し続けた。

「んん……んごご、あ、あが……じゅる、んぐ……っ」

小夜は左右に大きく揺れ、上下に跳ね、行ったり来たりしながらも、それをごくごくと飲み下していた。

〝ン……っ、キィィィィ‼〟

〝ぐほほほほほ‼〟

「……んっ」

逆さ吊りにされ、縦横無尽に揺さぶられながら、小夜は山猿の無限とも言える精力に蹂躙されていた。

顔にも躰にも、白濁が伝っている。

それは滴り、地面や周囲の樹々にまで飛んでおり、白い雨が降ったようになっていた。

「あ、ぁぁ……幸せぇぇ……うふふ……絶頂、絶頂、絶頂～……」

そんな嬉しげな声を漏らした、その瞬間。

突然、小夜に巻きついていたツタが、ブツンと切れた。

彼女の躰はドサリと地面に落ちてしまった。

「……………ッ」

苦痛に顔が歪む。

幸い、草むらに落ちたようで怪我はなかった。

〝ウキキッ！〟

〝キーキー！〟

山猿は餌を落っことしたと、慌ててこちらへと駆け寄ってくるが――。

躰の傷みが、小夜の脳裏に理性を蘇らせていた。

この山猿は、さっきまでのゾンビとは異質……きっと〝柱〟に違いない……倒さなきゃ……ッ！

周囲を見渡し、視界の隅に愛刀の輝きを認める。

〝ウキキーッ！〟

〝キャッキャッ〟

襲いかかってくる山猿を、転がってかわす。

刀を握りしめると、その刃をこちらへと跳躍して来る二匹へと向けた。

「はぁぁぁぁ――――ッッ!!」

山猿たちを、小夜は横に一閃する。

〝〝ギャアアアアアァァァァァァァ……ッッッッ！！！！〟〟

斬り裂かれた山猿は、声を揃えて絶叫し、地に転がった。

「はぁ……はぁ……」

息を荒らげつつ、しばし小夜は勝利に安堵を覚えていたが――そこで力尽き、再び地へと身を投げ出し、意識を失った――。

「こんな……どの山よりも高い……どうして今まで、見えてなかったの……？」

思わず小夜は息を呑んだ。

目の前に、誰も知らない山が、姿を現したのだ。

戦いの後、気を失ってしまった小夜だったが、意識を取り戻した彼女は、妖魔の消えた跡から守り玉を発見した。

神通力を発揮し、破壊すると、山の空気から瘴気《しょうき》が消えていった。

すると――目の前の景色にも変化が訪れた。

〝三つの柱〟の妖魔の力で、結界を張っていたのだろう。

しかしその全てを倒した今、とうとう敵の本拠が姿を顕《あらわ》したのだ。

小夜が目指すべき相手はひとつ――鬼王だった。

鬼子村の伝説の始祖とも言える、最強の妖魔と聞く。

蛇のようだった、いや麒麟、猛獣、鬼のようだったと、目撃談も一定しない。

どれが正しいのかはわからないが、これまでの妖魔とは比較にならないほどの妖力が辺りに漂っていることは感じ取れた。

新たな山へと足を踏み入れる。鬼王ほどの妖力をもってすれば、小夜の位置などわかっているだろう。

先に攻撃をしかけるという手もある。だが、山は不気味に静まりかえっていた。

慎重に動くに越したことはない。

うう……っ、吐きそうなほど、瘴気が強い。やはり妖魔を統《す》べる者……鬼王の根城……。

生い茂る樹々の音を聞きながら、一歩ずつ上がっていく。

同じ風景が続いているように見えても、瘴気は重くなる一方だった。

〝キシャーーーー‼〟

と、突然、触手が現れた。意表を突かれたが、小夜は冷静だった。

「……妖魔ね。フッ！」

相手は触手の塊だった。いくつもが絡みあい、こちらへと向かってくる。

が、小夜の刀はその触手をまとめて斬った。迷うことなく、触手の息の根を止めたのだ。

〝ぐおぉぉ……〟

断末魔の声を上げながら、触手が分断され、ボタボタと落ちていく。ドス黒い血が噴き出していた。

〝キシャーーーーッ！〟

また奇声が上がる。新たな妖魔が中空にいくつも現れていた。
小夜は宙へ跳び、妖魔を斬った――。
つもりだったが、刀は虚しく空を斬ったのみだった。
〝ぐあああぁぁぁーーー〟
「ま、また別の触手が……っ」
振り返ると、触手の塊が小夜を狙っていた。
太い触手がいくつも寄りあい、半円を描きながら迫ってくる。
小夜は正面の触手を軽やかに避けて、刃を振り降ろす。
〝ぐひっ⁉ ぐあああぁ～～～〟
分断された触手が、ボタボタと落ちていく。
だが、また触手の集団が補填されたように現れて――。
「もう……っ、キリがないじゃない！ この触手……まさか？」
小夜はハッとして中空を睨みつけた。
触手の集団は、同じ場所から現れるのでは――？
小夜は襲ってくる触手をじっと見た。
ひとつひとつは、大して強くはない。一対一なら、確実に倒せる。
だが、この集団というのが小夜を苦しめた。

全容が読めないのだ。弱点のない壁と戦うようなものだった。

「今度こそ……っ、ああっ⁉」

小夜が跳び上がろうとしたそのとき、触手が片脚に巻きついていた。

ぶった斬ろうにも、器用にうねうねと揺れて、捉えどころがない。

「んっ⁉　ま、負けるものですかーーー‼　なっ⁉」

〝キシャーーーーーーッ！〟

足止めを食らっている小夜を、好機とばかりに別の触手が迫ってくる。

絶体絶命の危機。小夜は刀を握り、静かに目を閉じた。

心の目で見るのよ。そう……惑わされてはいけない……こういうときは落ち着いて、集中するの。そうすれば……。

小夜がカッと目を見開き、脚に巻きついた触手を蹴り飛ばした。

空に大きく舞い、刀で半円を描く。

〝ぐぁぁぁぁぁぁ……〟

唸るような悲鳴が聞こえると、空中から電柱のような太い触手が血を噴きながら、飛び出した。

それは周囲へとビュウビュウと血を撒き散らし、暴れている。

触手たちは、全てこの太い触手へと、シュルシュルと吸収されていった。

小夜は刀を握ったまま、白い煙を吐く触手をじっと睨んでいた。

触手たちは、全てひとつの母体につながっていたのだ。母体は空に擬態しており、肉眼ではわからない。

しかし、触手たちが一ヶ所につながっている道筋を、小夜は神通力で見破ったのだ。

目の前が靄で白くなっていく。辺りにうっすらと霧がかかった。

小夜は刀を握り、真剣な表情を崩さなかった。靄の向こうに影がある。

やがて靄が晴れて、影の正体が明らかになった。

「……親を見抜いたか、見事なり」

地を震わすような声を上げるそれは、伝承の赤鬼そのままだった。

「……あなたが鬼王ね」

「くくく……勇ましいな。そこそこの力はあるようだが？」

鬼王の真っ赤な躰は、筋骨隆々で背丈も小夜の倍以上あった。

太い腕が四本ついており、ぎょろつく黄色い目で小夜を見下ろしている。

小夜は鬼王に圧倒されていた。ひと目見ただけで身が縮む思いだった。

この山全体の瘴気が、全てこの鬼王から発せられていると言っていいほどの気迫がある。

「……私はあなたを倒して、鬼子村の因習を断つわっ！　もう二度と……村娘も巫女も犠牲にしないために！」

「フ……っ、口だけは立派だが？」

「口だけじゃないってこと……証明してみせる‼」

小夜が鬼王へ立ち向かっていく。

刀を握る手が熱い。様々な想いが胸を去来していた。

生贄として、疑問も持たずに育った。

厳しい鍛錬を受けた。書物を読み、祓い言葉を覚え、山を走り、冬場に滝行もあった。

村人の全員が敵に見えたこともあった。

だが――目覚めた。妖魔が脅《おびや》かそうとする、全ての命を守るために戦うと！

小夜は大きく飛び、鬼王を袈裟懸けにする。

「ふん、小娘の攻撃など……この我に通じるわけがない」

しかしその躰は弾かれ、宙を無残に舞った。
からくも着地するが、その足元がよろけていた。
刀で斬りつけたつもりが、鬼王の腕輪に防がれたのだ。
恐ろしいまでの反射神経だった。
一抹の不安が過《よぎ》る。しかし、小夜に戸惑う時間はない。再び斬りかかった。
同じやり方では、また弾かれる。
でも、私の刀も単純ではないわ。毎日、進化し続けてるのよっ。
小夜は再び宙を舞い、鬼王の脇へ回る。
その背中を狙って刀を斬り上げるが——。
いくつもの腕がそれより速く動き、腕輪でボディをガードした。
「きゃあああああ……ッ！」
小夜は悲鳴を上げ、地に転がる。
「ふん。懲りもせずに斬りつけてくるとは。無駄だというのがわからないのか？」
顔を顰《しか》めて、震える両手を押さえ込む小夜。
上半身まで痺れていた。ただ弾かれただけだというのに、鬼王の力はすさまじかった。
「はぁ……はぁ……強いっ」
小夜は鬼子村の人々を思い返していた。

仲のよかった瞳やみゆき、智美。そして誰よりも大事なまひろ。

――熱い想いがあれば決して負けない！

「負けないわ……そうよ。私には、支えてくれるみんながいる！」

再び小夜は跳び上がった。

死角に回り、突きを入れようとするが――やはり腕のひとつに弾かれてしまう。

なんとか着地したが、勢いあまってズリズリと後退していく。

だが、小夜もただ攻めているわけではない。少しずつ、鬼王の能力を理解しつつあった。

鬼王のいくつもの腕は横からの、背後からの敵に対応し、死角がない。

想像以上に強い。反射神経、パワー、妖力、知力。

どれも突出しており、弱点が見当たらない。

「だからって……勝機はないわけじゃない！」

小夜は鬼王を斬りつけては逃げ、跳び上がり、攻め続けた。

「……無駄だと言っている。愚かしい……体力がなくなれば、不利になるだけだぞ？」

と、鬼王が拳を突き出してきた！

ドンッ！

「ああーーー!?」

小夜は思いきり、横っ面をはたかれて小石のように飛ばされてしまった。

「んーーー!?　くは、ううぅぅ……」

地面に倒れそうになったが、よろけながらもなんとか持ち直した。

膝が笑っていた。額には汗が伝い、疲労感がある。

だが、目の輝きは変わっていない。やる気に満ちていた。

腕も痺れて躰中も痛いけど……でも、負けられない。ううん、私には……神から授けられた力がある！　だから……。

「くくく。あははは！　無駄だと何度も言ってるのにしつこいな……ぐはっ!!」

突然、鬼王が膝をつく。足首に深い傷があり、ドス黒い血が噴き出ていた。

小夜が足の腱を完全に断っていた。

「小癪《こしゃく》な真似を！」

鬼王はバランスを失い、よろよろとしているが、ぐっと踏み留まった。

「闇雲に斬ってたわけじゃないわ！　あなたは油断した……もう歩くのもしんどいはずよ。だから……」

行ける。小夜は冷静にそう判断し、突き進んだ。

動けない鬼王ならば、後は斬るのみ。

小夜が刀を振り上げたそのとき――。

「小夜……」

「……ッ⁉」

小夜は胸がぐっと締めつけられてしまった。ずっと探し求めていた優しい声だった。

「まひろ姉さんっ‼」

声のしたほうを振り返り、息を呑む。突然、空間が裂け、まひろの姿が現れた。

「小夜……やっときてくれたのねぇ……ふふ……会いたかったぁぁ……」

まひろは腰をくねらせ、色っぽく息を吐いた。

手足を触手に拘束され、肉壁に埋まっている。見るからに地獄の様相だった。

しかし本人はうっすらと微笑を浮かべ、躰中を愛撫する触手に溜息を漏らしている。

濡れた膣穴にも、極太の触手が入り込み、ヌプヌプと律動していた。

「あ、あぁん……っ、触手チンポいっぱいで気持ちいいぃぃぃ……っ」

まひろはぼんやりとした目でニヘラと笑うと、腰でゆったりと円を描き始めた。

陶酔した表情で、自らの粘膜を触手に擦りつけていた。

「あ、あぁ……まひろ姉さん……っ、なんてことを……っ」

小夜が刀を握る。手が震えて柄がガチガチと鳴ってしまった。

ずっと探していたまひろだった。自分のために命を懸けて生贄になった姉だ。

生きているだろうか？　つらい目に遭っていないか？

考えるだけで身を切られる思いだった。

「触手の赤ん坊跳ねたぁぁ。うふふふ……うふふ……っ、ああん、ママ気持ちよくなっちゃうぅぅ……子宮コンコンしてぇぇ……」

それが今や触手に捕まり、脹《ふく》らんだ腹を突き出しては、蕩けた顔になっている。不自然に首を揺らし、ぼんやりとした目は焦点があっていない。

「まひろ姉さんっ、私よ！　小夜よ、助けに来たのよっ！」

「はぁぁ……はぁぁ……っ、ボテ腹アクメェェ……すごいぃぃ……」

小夜の声が届いているのかも疑わしい。触手の揺らぎや、胎内で暴れる赤ん坊しか、眼中にないようだ。

濡れきった肉穴の擦れる音が、しつこく耳に聞こえてくる。

「アクメ止まらないぃ……チンポがいっぱいぃぃぃぃ……オマンコも……ボテ腹にもぉ……うふふ……うふふ……」

汚い言葉がボロボロと出てくる。だが、小夜は逃げなかった。

愛するまひろの本来の姿ではないと、わかっているからだ。

「まひろ姉さんっ！　お願い、思い出して！　妖魔は敵なのよ！　私たち巫女には、決して穢されない強さがあるじゃないっ」

小夜も同じように妖魔に凌辱され、意識をなくし、快感に喘いだ。

絶頂に呑まれて、あられもない姿になったりもした。

だが、なんとか乗り越えた。愛する姉、まひろを助けたい一心だった。

「ひゃっはぁぁ……やったぁぁ。やったやった♪　連続絶頂しちゃったぁ……うふふ。ふふ……ごーきーげ～ん♪」

「まひろ姉さんはいつもそばにいて……ご飯を作ってくれたわ。悲しいときは泣いて……楽しいときは笑って……う、うぅぅ……」

まひろとの思い出は長い年月のぶんだけ多く、幸せに満ちていた。

たったふたりの姉妹で、寄り添って生きてきた。

それが今——崩壊しつつある。

「くくく。あはははは！　見てのとおり、まひろはもう、我の苗床だ。妖魔の子を産んで、アへって、楽しんでるんだよ。見てわかったろう？」

「う、うぅぅ……イヤよっ！　まひろ姉さんは妖魔の苗床じゃないわ……っ、大切なたったひとりの家族よ！」

小夜が刀を振り上げ、まひろに向かった。これ以上、指をくわえて見ていられなかった。涙を堪えて、立ち向かっていく。

まひろを拘束する触手を斬りつけようと跳躍するが、そこへ鬼王の拳が飛んでくる！

「ああーーーっ⁉」

またも、地面に無様に強く打ちつけられる。

躰中がバラバラになったような激痛が走った。

鬼王が悠々と小夜に近づき、震える躰を見下ろした。

「よく見るんだ。まひろは悦んでるだろうが。無粋な真似をするんじゃない」

「く……っ、うぅぅ……まひろ……姉さん……」

地面でもんどり打った小夜は手足はもちろん、腹や背中までが痺れていたが、目は迷うことなくまひろを追っていた。

空間の裂け目の中で、いやらしい声を上げ、絶頂にわななないている。

やはりまひろに違いなかった。

「はぁぁ。はぁぁ……まひろ姉さんは……私が……」

小夜がよろけながら立ち上がる。ずきずきと節々が痛み、膝が震えた。

本来、まひろがああなるはずではなかった。

自分の身代わりでああなってしまった。この身が裂けようとも、必ずまひろは自分が助けてみせる。

不屈の魂が小夜を立たせていた。

「立ち上がったか。だが、立っただけではどうにもならないぞ？」

姉さんを助ける。なにがあっても。

小夜は残る僅かな力を掻き集めて、振り絞り、刀を振り上げた！

「はぁぁーーーーーー！」

しかしそれより早く鬼王の強烈な一撃が、小夜を吹き飛ばす。

宙を舞い、近くの大木に激突した小夜は、その場に倒れ伏した。

その力は非常に強く、小夜に神通力がなかったら、一撃で致命傷だったろう。

鬼王が悠々と小夜に近づく。虫けらでも見るような目をしていた。

「地に這いつくばるとは惨めだな……ほら、よく見ろ。まひろはアヘ顔もボテ腹も晒して、マンコを濡らして、喘いでるんだ。幸せそうだろう？」

「むふふ……っ、んおおぉぉぉ……うほほほ！　産まれるぅ……うひひ……っ、出てきてぇ、触手チンポの赤ん坊いらっしゃ～い♪」

まひろは白目を見せながら、全身を上下に揺らしていた。

たくさんの触手にまとわりつかれて、半ば同化《なか》している。絶望的な状態だというのに、口元には涎を垂らし、興奮していた。

「あ、あぁ……まひろ姉さん……」

小夜の目に涙が浮かんだ。

「触手しゃんらーーーいしゅぎ★ ボテ腹アクメでぶっとぶのぉぉ……マンコに外からずぼずぼぉぉ……赤ん坊に中からずっぽずっぽぉぉ♪」

小夜はもう、見ていられなかった。よく知るまひろとは別人だった。

健気で優しくて、穏やかだったまひろ。いっしょに過ごした日々が壊れていく。

「くくく。あはは‼ ようやくわかったようだな。そうだ。巫女は我ら妖魔の餌なのだ。今年はふたりも生贄を捧げるとはな……」

鬼王が哄笑《こうしょう》する。

「小夜よ。悦べ。あのまひろは、お前の近い将来の姿だ。苗床になってああして、妖魔の子を死ぬまで産むのだよ。どうだ？ 気持ちよさそうだろう？」

屈辱的な言葉も、小夜の心を動かさなかった。

躰の痛みももう感じない。心が凍りついていく。

まひろの嬌声ばかりが、脳内を去来する。

「ほう。反抗しないとは素直だな。では……お前もまひろの隣に据えてやろう。神通力の高い巫女は、よい子を産むからな。くく……」

鬼王の四本の腕が小夜に伸びてくる。

――と、そのとき。

「……小夜」

まひろの声が聞こえた。

小夜は今一度、目の前のまひろの顔を見た。

やはり、まひろは喘ぎ、だらしない顔を晒している。しかし、その声ははっきりと心に届いていた。

「……生きて」

「まひろ姉さん？」

キラキラとした暖かい光が小夜に流れ込んでくる。

小夜の気力が満ちてくる。生き返ったようだった。

そして顔を上げた瞬間――。

「ぐはぁぁぁぁーーーーっ！」

――鬼王の首に触手が巻きついていた！

まひろが空間の亀裂から、鬼王へと触手を伸ばしたのだ。

「まひろ姉さんっ！」

「額よ……っ！」

まひろは今、はっきりとそう言った。

小夜は直感的に悟った。おそらく、鬼王の弱点を教えたのだろう。

鬼王が怪力で触手を引きちぎる。その瞬間、まひろが血を吹き出したのだ‼

鬼王を押さえる触手は、まひろと一体化していた。

引きちぎられたが、鬼王にはまひろの触手がまとわりついている。

「ええい、小賢しい‼」

剥がそうとする鬼王だが、その力をもってしても離れない。

小夜にとって起死回生の勝機だった。

しかし。

そのときふと、小夜の心に迷いが生じた。

まひろ姉さんを信じていいのか――いや、目の前にいるまひろは、本当のまひろではない、鬼王の手先ではないのか――。

一瞬の迷いが攻撃を鈍らせ、そして気づけば鬼王はようやく、触手を引き剥がしていた。

「きゃあああぁぁぁっ！」

立ちすくんでいた小夜は鬼王に足を掴まれ、羽交い締めにされてしまった。

押し潰されそうなほど力が強い。小夜のあばらがゴリゴリと鈍く鳴った。

「疑心が仇となったか。くく……お楽しみはこれからだぞ？　そうだな。まひろよりもっともっといい思いをさせてやろう」

「んんっ、は、放してよ‼　ん……っ、ん……くぅぅーーー‼」

「泣くがいい。わめくがいい。お前の運命は決まってる。あははは！　あははははは……‼」

鬼王の笑い声がこだまする。小夜は捕まったまま、最後まで諦めないと強く誓った。

決して屈しない。快楽なんていらない。当然、汚い言葉だって吐かない。

——私は神に仕える巫女なのだから。

鬼王は小夜を押さえ込み、四つの腕で乳房や顔を撫で回した。

掴まれた巨乳が歪み、そこを節くれだった指が細かく動いて、フニフニと揉みしだく。

「これが巫女の乳房か。くくく……柔らかいなぁ。ひねり潰せそうだ」

鬼王が乳首をひねり、全体をこねまわしてくる。やや湿った感触に小夜は顔を背《そむ》けた。

筋骨隆々の腕が、恐怖心を煽る。鬼王の巨体からすれば小夜はネズミのようなものだった。

「くぅぅ……っ、や、やめて……っ、触らないで……っ、穢わしいっ！」

小夜は気丈にも鬼王を睨みつけ、あらん限りの力を込めて、逃れようとした。

鬼王にいいようにされるぐらいなら、死んだほうがマシだった。

もはや生きる理由はない。まひろのように苗床となって、触手にまみれてしまうなら、誇り高い最期を遂げたい。

今の小夜に怖いものはなかった。そもそも生贄として育てられた。

もとより生命《いのち》に未練はない。

「くくく……活きがいいのう。だが……抵抗にもなってないぞ？　どうせ刃向かうなら、多少は手応えがないとな」

鬼王が舐め回すように小夜の躰を見つめた。獲物を狙う肉食獣のようだった。

小夜をただの雌と、孕ませ、産ませ、苗床にするための道具としか見ていない目だった。

「く……っ、うぅぅぅっ！　は、放してくれないなら……舌を噛んで死ぬわ！」

小夜に二言はない。もはや、望みは断たれた。

生きる理由もわからなくなっている。

「死にたければ死ね。だが……まひろはどうなってもいいのか？」

舌を噛みかけた小夜がハッとする。腹を脹《ふく》らませたまひろが、涎を垂らしていた。

ヌプヌプと触手が律動し、まひろは意味不明の喘ぎ声を上げている。

「……これ以上、まひろ姉さんをどうするっていうのよっ！」

小夜の身代わりで生贄になって、妖魔の苗床として、延々と拘束されている。

その頭の中は、快感や絶頂で埋め尽くされているのだろう。

「さあ、それは我の指先ひとつだ。いつだって触手チンポでなんでもできるからな。マンコに突っ込むだけじゃない」

小夜が顔を背ける。〝チンポ〟〝マンコ〟と聞きたくもない淫らな言葉を、最も憎い相手から聞かされてしまった。

「さあ、どうする？ 舌を噛みたいならそうするがいい。なんなら、手伝ってやるが？」

その言葉に嘘はないだろう。今すぐにでも小夜の首を握りつぶすことも、造作ないのだから。

どれだけ小夜に覚悟があろうとも、まひろの命と引き替えとなると、死ねなかった。

「返事がないのか。では……」

「わ、わかったわっ、じ、自害は……しません。だから……まひろ姉さんだけは……」

鬼王が勝ち誇ったように笑う。小夜の悔しさを煽るようだった。

「しょうがない。そこまで言うなら、この鬼王、姉の助命にやぶさかではない。では……」

鬼王が腰をぐいぐいと前に出し、小夜の視界に男根を入れようとする。

小夜はぎゅっと目を閉じた。頑なにそれを直視しなかった。

「どうした？ お前は今までさんざんチンポにイかされ、悦んでいたろう？ 何故見ない？」

「そ、そんなもの……っ、見たくないわよ……だ、だって……」

見たくなくても、その長大さはずっと視界に入っていた。丸太ほどはあろう男根は、あまりに大きくて恐怖でしかない。

想像したくもないが、これを挿入されたら、躰がズタズタに引き裂かれてしまうだろう。

「チンポだぞ。チ・ン・ポだ。これが欲しいんだろう？　マンコがパカンと開いて、涎が出てるぞ。くくく……あはは……っ」

鬼王は敢えて下卑《げび》たことを言い、小夜の羞恥を煽っているかのようだ。

「やめて……っ、挿れないでっ！　入るわけないんだから……っ、イヤイヤあああ！」

「くくく……淫乱の雌豚には、これぐらいがちょうどいいのだよ。怖がらないでいい。まあ、少しは裂けるかもしれないが」

自分が恐怖に怯えるほど、鬼王の加虐心が満たされていく。

わかっていても、恐怖が止まらなかった。ゆるゆると首を横に振る。

「おいおいおい。なにを怯えてる？　ほら、よくみろ。我のチンポを」

鬼王は小夜の頭を無理矢理、男根に押しつけた。ツンと鼻をつくような匂いに、吐きそうになる。

「ひぃぃぃぃっ!!」

間近で見る男根は、想像以上に長大で、だらだらとガマン汁を垂らしていた。

見たくない。匂いも嗅ぎたくないが、鬼王が小夜の頭を掴んで放さない。

「どうだ？　我のチンポは？」

「む、むむむ無理……っ、でっかすぎて……い、イヤあぁ……」

「くくく……ははは。でかいぶん、お前のマンコも感じるというものだ」

鬼王は躊躇なく、濡れた陰唇に亀頭をあてがった。

先端が触れただけで、圧倒的なスケールに気が動転してしまう。

「だ、ダメぇぇぇぇーーーーー死んじゃうぅぅぅぅ……イヤ、あ、あ、あーーーっ!!」

しかしその次の瞬間、小夜の脳にはメリメリッという骨盤の軋む音と、膣穴が今にも裂けんばかりに広がる感覚が伝わってきた。

生きた心地がしない。痛いのかどうかもわからない。悪い夢を見ているようだ。

「あ、あが……うぅ……」

だんだんと感覚も思考も麻痺していく。自分がどうなっているか、知りたくもなかった。

「言ったとおりじゃないか。小さいマンコでも、我のデカマラは入るのだよ」

鬼王の声も、どこか遠くから聞こえているかのように虚ろだ。

しかしその間にも長大な男根は、小夜の膣穴の深いところを擦り上げてくる。

こんなにも大きなモノで躰を貫かれ、自分は生きているのだろうか？　これは現実なのだろうか？

小夜は呆然自失だった。

「なかなかの締まり具合だぞ？　小夜よ。べっとり濡れてるようだが？」

問われても答える気になれない。

今の小夜は重機で下半身を責められているようなものだ。

背骨がギリギリと軋む。今にも全身がバラバラになりそうだ。

「くく……気持ちがよくて気絶したようだな。小夜よ。では存分にマンコで遊んでやろう！」

ブランコにでも乗せられたように、躰がふわりと持ち上がり、激しく揺さぶられる。

肢体が四つの手にしっかりと押さえ込まれた状態で、丸太大の男根が腹奥を穿《うが》つ。

痛くて苦しくて、自分の躰を自分の躰ではないと思いたかった。

「おお。随分と馴染んできたぞ。くく……ベトベトマンコだ……っ、ふぅぅ。これなら、自由に動かせるな」

鬼王の男根が勢いを増していく。

ゆっくりの律動が、徐々に忙《せわ》しないものになっていく。

長大なペニスを奥へ奥へと突き込まれるのは、胃の奥を殴られているような感覚だった。

「うぐ……っ、んん、くは……っ」

止まりかけていた呼吸が再開する。

痛みで、小夜の脳裏に僅かばかり現実感が戻った。

そして視界に入ってきた、自らのぼっこりとした腹にパニックに陥る。

「目が覚めたようだな。どうだ？　巨大なチンポは？」

子宮がすり潰されるような重厚なピストンに、目が眩みそうだ。

目の前でボッコリしてはへこむ腹が、自分のものと思えなかった。

「う……っ、ぐはっ、こ、これ……私の……お腹ぁぁぁ？」

「……そうだ。お前の腹は我のチンポで、ぼっこり膨らんでるのだよ。わかるか？」

「妊婦みたいに……っ、パンパンになって……あ、あ、あ、あぁ……」

がくがくと顎が揺れてしまい、律動の激しさに全身が翻弄されてしまう。

しかしいつしかその躰の中には、じわじわと愉悦が湧き上がっていた。

鬼王の小刻みなストロークは、いつの間にか小夜の快感を引き出していたのだ。

下半身に甘ったるい痺れが生じ、唇から溢れる吐息が徐々に甘やかになっていく。

「ひゃあああ、わ、わらしのお腹……っ、太鼓ぉぉぉ？　カエルゥゥ……んんっ？」

小夜が小首を傾げる。目をトロンとさせながら、絶え間なく押し寄せる劣情に躰を震わせる。

その脳からは、既に正常な判断力が失われていた。

「あはは！　ようやくアクメに気づいたか。お前は即イキマンコになってるんだよ。それもチンポをハメた瞬間にな」

「即……い、イギマンゴォォ……？　らから、ふわーん、はにゃあぁんて……なってるぅ？」

小夜が不思議そうに、首を左右に傾げる。だんだんと実感が湧いてきたようだ。

その頬には紅が差し、熱風を浴びたように汗が流れている。

今の彼女のなかでは、劇薬のような快楽が腹から脳天を直撃しているのだ。

「……我のチンポはそういうものなのだ。お前はもう、何十回もイッてる。チンポを美味そうに吸って、揉んで、うねってきてるんだ」

今まで混乱で気づいていなかったが、それは既に訪れていて——そして今もまた、絶え間なくアクメが押し寄せてきていることを、小夜は自覚しつつあった。

目がぐるぐると回り、意識が焼き切れてしまうほどの絶頂が、押し寄せていた。

「うふ……あはは……あははははは……！　お腹でっぱっちゃった★　だから絶頂なんらぁぁ……ふふ。あはは……!!」

小夜が笑い狂う。丸太のような男根にねちっこくイかされ、ネジが緩んだようだ。

びくびくびくんッ！

その表情は全身が粟立ち、アクメがやってきても変わらない。

頬を緩ませ、恍惚とした目でにこにこ笑っている。

「あはは……とうとうイキ狂ったか。ふふ……そうだ。お前は雌豚だ。淫乱だ。苗床になるのだよ」

「イくゥゥゥ……イぐイぐイぐゥゥゥ……っ、どんどんイぐゥゥゥ……即イキマンコらよぉぉ……ふふ。ふふふ……！」

壮大な巨根に突き上げられ、小夜は全身をバネのように跳ねさせた。

躰中の血が沸騰するようだ。

既に小夜は愉悦を貪り、悦び、悶える雌に成り果てていた。

「即イキマンコはいいだろう？　我のチンポがお前を開放してやったのだぞ」

「即イキマンコ気持ちいい……マルタチンポがぼっこんぼっこんしちゃううぅッ‼」

笑いながら悶え、頬に涙を伝わせながら、絶頂に浸る。

「くく……エロマンコにふさわしい子種汁をやろう‼」

そんな言葉とともに、鬼王はひと際強く、小夜の躰を突き上げた。

どくんッ！

と同時に、巨大さに見あった、膨大な精液が迸る。

「オチンポミルク来ちゃうぅぅ……っ、ああ、来ちゃうのおーーー!!」

肢体をわななかせる小夜の中へと、夥《おびただ》しい白濁が幾度も幾度も撃ち込まれる。

どくん！　どくく……ッ！

「すっごいたくさん来たぁぁ……目から鼻から口から出ちゃいそうぉぉぉ……っ！」

湯を注がれた小さなカップのように、小夜の体温が急激に上昇し、またも一瞬で昇天した。

どく！　どくん！　どくぅぅ……ッッ!!

「まだ出てるぅぅぅ……うふふふ。あはは！　チンポミルク気持ちいいぃぃ……ドロドロでオマンコが蕩けちゃいそう……っ」

小夜の瞳孔が大きく開く。しつこく訪れるアクメに酩酊していた。

その口元からは泡が吹き零れている。

これまでの絶頂とは桁違いだった。その証拠に彼女の唇からは泡とともに自然と、淫語が吐き出されていた。

巫女という神に仕える身には、耐えられないはずの卑語を、今の小夜は、当たり前のように叫んでいた。

汚い言葉を使わないと誓っていた頃の小夜ではなくなっていた。

鬼王の巨大な男根にイかされ、巫女としての誇りをなくし、浮かれまくっていた。

「しゅっごいよぉぉぉ……これが、ゼッチョウらぁぁぁ……とってもいいにょぉ。うふふ……ふふ……ふふ……ふふ……」

「我のチンポが気に入ったようだな」

「はいぃぃぃ……っ、おっきいおっきいチンポでお腹もビロビロになって、とっても気持ちいいれしゅぅぅぅぅ……」

「そうかそうか。もっと欲しいか？」

その言葉に、首がもげそうなほど頷く小夜。

「ならばその口で我に懇願するがいい」

小夜の目は虚ろだった。鬼王の男根が欲しくて欲しくてたまらなかった。

自分の腹がぽっこり膨らみ、バケツをひっくり返したように子種汁を放出され、小夜のテンションは上がりっぱなしだった。

めちゃくちゃにされて連続絶頂したい。そんな欲望が彼女の心を支配していた。

「ああん……っ、鬼王様ぁぁ……鬼王様のでっかくてかちかちのオチンポを……私の即イキエロマンコにずぼずぼしてくらさいぃぃ……」

鬼王がにやにやと嘲笑する。小夜が完全に堕落したのが、楽しくてしょうがないのだ。

もう、自分の手下も同然。ならばもっとおもちゃにしてやりたいと、鬼王は首を横に振る。

「まだ気持ちが足りぬな」

「うぅん、世界で一番のデカマラをエロエロマンコに挿れて、ずっぽずっぽしてぇ、孕ませてボテ腹にして産ませてくらさいいいぃいいぃ……」

「もうひと声だ」

焦らされることの切なさに、小夜が顔をくしゃくしゃにする。

意識が飛ぶような劣情をもっと味わいたい。衝動が抑えられなくて、発狂寸前だった。

小夜はしばし言葉にならぬ声を上げ、悶えていたが、ようやく顔を上げた。

「はいいぃいぃ……っ、ジャイアントでビッグでダイヤみたいに硬くて、ジェット機よりもシュバシュバ速いスペシャルチンポをくらさいいいいぃ……っ」

「……くくく。よくやった。褒美をやろう」

鬼王の岩山のような男根が揺れ始める。

小夜は腹の奥を限界以上に擦られ、伸ばされ、それを数回繰り返されただけでフラフラになっていた。

髪の毛全部が空に引っ張られるような、浮遊感と絶頂感だ。

「しゅごいいぃいいぃいいぃ……アクメ止まらないいぃいいぃ……壊れるぅぅぅぅ　ふは、ああ、むあ、あ、あぁーーーーっ!!」

折れそうなほど背中を反らし、手指を震わせながら、小夜は連続絶頂に身を委ねていた。歯もカタカタと鳴り、口元も緩み、噛みあわせがあわない。

「ああしゅごいのぉぉぉっ！　イくイくイくウゥゥ……ッッ!!」

そんななか、それでも小夜は心臓を飛び出しそうなほどに高鳴らせ、喘ぎ声を上げた。

「くく。即イキマンコは早いな」

「はいぃぃいぃ……鬼王様のオチンポすごすぎぃぃぃ……!!」

ズブズブと底なし沼にはまるかのように、小夜は躰中を駆け巡る快美感に溺れていた。

連続する絶頂に、時間が止まったようだった。

すさまじいまでの鬼王の巨根は、小夜をすっかり変えてしまった。

「ああん……っ、オチンポミルクほちいいぃぃ……鬼王様のあっつぁつの特濃みるくくらしゃいいぃぃ……孕みたい孕みたいぃぃぃ……っっ!!」

小夜は超がつくほどご機嫌だった。

意味不明の言葉を吐き、雌としての煩悩が全開になっている。

鬼王の男根には、それだけの妖力が、そして他の追随を許さない絶大な精力があった。

まさしく、雌を孕ませる妖魔の頂点にふさわしい。

「……くくく。鬼王の子を孕みたい雌め。では……お前の望むものをやろう」

鬼王が終局に向かって突き込んでいく。

小夜の躰が宙に跳び上がるほどに突き、そして。

どくく……ッ！

またも熱い白濁を小夜の中へと解き放った。

巨大な男根が最奥地に密着したまま、精を迸らせた。

どく！　どくん！　どくく……ッ！

昇り詰めたまま、豪雨のような白濁を撒き散らされ、小夜は失神寸前だった。

「みるくきたぁぁ……はぁぁぁ……う、うぅぅぅ……オマンコタップタプぅぅ……」

快感の余韻に、小夜は尻を左右に振る。ぽっこり脹らんだ腹は、男根以外にも溜まった白濁が詰まっていた。

結合部からも精液は盛大に溢れてはいるものの、大半が中に残っている。それがまた、心地よくて小夜はにこにこと笑っていた。

「くくく。あはは……いいぞ、我の雌よ。苗床よ……」

「はいぃぃぃぃぃ……苗床でしゅぅぅぅぅ……雌でしゅぅぅぅ……鬼王様のためなら、いっぱい孕みましゅぅ、産みましゅぅぅぅぅ……」

「そうだ。お前は下僕だ。雌豚だ。家畜なのだよ」

「うんうん。下僕ぅぅぅぅ……雌豚ぁぁ……うふふ……家畜ぅぅぅ……」

鬼王の宣告に、小夜はただ嬉しげに頷くのみだ。

「あははは！　面白いぞ、小夜よ。どれだけマンコに精液が入ってるか、見たいか？」

「ハイイィィィ。おちんぽみるく見たいれしゅぅぅぅ……鬼王様の子種汁ぅぅぅぅ……」

「では……とくと見るがよい」

ぢゅぷぷッ。

鬼王と小夜の結合が振り解かれる。

と、溜まっていた白濁が一条の濁流となって、地上へと豪雨のように降り注がれた。

「ひゃぁぁぁぁ……しゅっごいぃぃぃぃ……またイッちゃうぅぅぅぅぅ……ッッ！」

小夜は楽しくてしょうがないといった様子で、くねくねと身をよじらせ、震え続ける。

「あはは……くくく。あはは……そうだ。お前は我の雌豚だ。まひろともども、淫乱巫女姉妹なんだなあ、くく……あはは」

「ふふ……ふふ……ま、まひろぉぉ？」

小夜の笑みが凍りつく。まひろの名を聞き、僅かに理性が戻ったようだ。

――まひろ。小夜が命に代えても助けようとした、大切な姉だった。

「そ、そうらぁぁ……わ、わらひ……っ、まひろ姉さんを……村を……助けるために……！」

「村を助ける？　フン、よく言ったものだ。じゃあ、いいものを見せてやろう。村人の本性というヤツをだよ」

鬼王の言葉とともに、目の前に見覚えのある男たちがポツポツと現れた。

なんの妖術か、彼らは空間を割るかのようにここへと現れてきた。

まだ絶頂の余韻のなかにあった小夜は、鬼王に突き飛ばされ、よろよろと倒れてしまった。

男たちも男たちで、この状況を飲み込めていないようだ。

「ここは……」

「ひっ⁉ 赤鬼だぞ！」

ダンと鬼王が地面を踏みしめる。動揺していた村人たちが一瞬で固まった。

「我の雌豚だ。好きにするがいい」

鬼王の目が爛々《らんらん》と光り出す。すると、怯えていた村人たちが野獣そのものといった目つきに変わり、小夜に近づいてきた。

「あれぇぇ……っ、誰ぇぇぇぇ？ あなたたちは……？」

地面に転がされた小夜が、寝ぼけたような声とともに顔を上げる。

鬼王の激しい凌辱のために、まだ恍惚としており、意識がぼんやりしていた。

「小夜か？」

「うへぇ……っ、さっきマンコからボトボト精液出してたぞ？」

男たちは戸惑いながらも、小夜に近づいていた。

「んんーー？ 今、小夜って呼んだぁぁ？ ろうしてわらしのこと知ってるのぉぉぉ？」

「よく見るがいい。鬼子の村の男たちだ。お前を小さい頃からよーく知ってる連中ばかりだぞ」

躰の火照りも興奮も収まっていくなか、小夜はなんとか思考を働かせる。

鬼子村。私が生まれ育った村。

巫女として生贄として、生涯を捧げたと言っていい。

村人は小夜が生贄になることを、当然と思って今日まで来た。

「あぁ……長老まで……」

小夜が声を上げる。その長老もまた彼女を認めて、驚きの声を上げた。

「小夜？　何故生きておる？」

「お前が生きてるから俺たちまで、ここへ連れて来られたんだぞ！」

「どうりで神隠しが終わらないわけだ……」

村人の辛辣な物言いに、小夜は動じなかった。今や鬼王のもたらす快楽だけが心にある。

それ以上はなにも求めていない。

「くくく……あはは……小夜、村人に嫌われてるようだな。だが、気にするな。本心では、お前が好きで好きでしょうがないのだからな」

「私を……好きで好きでしょうがない？」

小夜が眉を顰《ひそ》める。小夜が欲しいのは、鬼王の巨大な男根のみだった。

他の話は一切、耳に入れたくもない。

「そうだ。今……証明してやろう」

鬼王の目が一閃し、男たち全員に光を浴びせた。

男たちは鬼王に睨まれると、銃弾に当たったようにびくりと跳ね、ゆらゆらと体勢を立て直した。

そして目から鬼王に似た鈍い光を放ちながら、小夜にさらに接近してきたのだ。

「小夜ぉぉ……見てたぞ」

「巫女は処女のはずだが、いつの間に」

「マンコガバガバにしてエロエロだったなぁ……」

小夜は酔いが覚めるように、男たちが見知った顔だと思い出した。

長老だけではない。狭い鬼子村では、顔を知らずに過ごすほうが難しかった。

「あ、あぁ……思い出したぁ……この前……うちに来てた……」

小夜が逃げ出さないように、見張っていた男たちの顔もあった。

だが、あのときとは顔つきが違う。飢えた野獣のように目を光らせ、股間を膨らませて、露わになった小夜の肌を凝視している。

「小夜……いい躰に育ったのう」

じりじりと村人たちが近づいてくる。囲まれた小夜は呆然とするしかなかった。

「な、なにするの……？　まさか……？　きゃあああーーー」

抵抗する間もなく、小夜はあっという間に手、口内、膣穴に男根を突きつけられていた。

村人たちは鬼王の眼光によって、欲望が剥き出しになっており、半ば妖魔化《なか》していた。

「おお……っ、がばがばまんこかと思ったが……」

「口マンコがよく吸ってくるぞ！」

彼らは四方からペニスで小夜を突き上げ、そしてくわえさせた男根が口から飛び出しそうになるのに、乱暴に頭を掴み上げてそれを防ぐ。

「おっと、しっかりチンポをくわえるんだ。大好きなんだろう？」

「ああ、ザーメンだらけだもんなぁ。巫女さんが笑わせるよ」

村人たちがゲラゲラ笑いながら、男根を押しつけてくる。

しかし小夜は虚ろな目のままだ。

よく知った村人たちによってたかって、犯され、笑われ、慰み者にされている。

本来なら、悲しみのどん底に突き落とされるはずだが、そうならなかった。

「これこれ。あまり小夜をいじめるでない」

「はいはい。長老に言われたら、俺たちもな」

「でもよ。その長老だって、チンポおっ立ててるじゃないか」

「わしもまだまだ現役じゃ」

長い髭を撫でながら、長老が笑っている。鬼子村の生き字引とまで言われる偉大な人物だった。

それが今や目をギラつかせて、小夜の手に男根を握らせ、腰を振っている。

「小夜。もっと擦らんか。年寄りの腰を酷使するものではない」

しかし小夜は嬉しげに、自分を取り囲む男根を吸い上げ、擦り、慰めた。

これだけの数であっても、臆さない。

「おい小夜、聞いておるのか？　手が止まってるぞ」

ゆっくりと小夜が顔を上げる。頬を男根で脹らませて、口元には唾液を垂らしていた。

膣穴をペニスで小刻みに突かれ、躰が跳ねている。

雪のように白く豊かな乳房が、それにあわせてブルンブルンと宙を舞う。

そんなことをされながら、小夜は長老へと笑いかけていた。

「わらひを……生贄にしたんらよねぇ……優しいおじいしゃん……」

フェラチオを続けながら、小夜が目を細め、微笑を浮かべる。

小夜とまひろは、長年、長老に助けられてきた。今思えば生贄として逃げ出させないためだろう。

鬼王に夢中の小夜にとっては、それももはや、どうでもいい話だが——。

「そうそう。優しいじいさんじゃ、しっかりやるんじゃぞ？」

「はぁぁい……」

素直に頷いて、小夜は手指に熱を込めて長老の男根を揉む。

「おお、その調子じゃ。さすが小夜。村一番の器量よしじゃのう」

もう一方の手で若い男のペニスを掴み取ると、その男は嬉しげな声を上げた。

「はぁ、はぁ……俺、小夜のこと、好きだったんだ……」

「わらしをしゅぎぃぃぃ？　あー、智美の……お兄さんらぁ……」

小夜が男根を深くくわえたまま、男を淫靡《いんび》な目で見る。

そう、彼は妖魔の犠牲になった少女の兄だった。

しかしその男根を、小夜はさも美味しいもののようにしゃぶり、歓喜の声を上げ続ける。

そんな様子を、まだ小夜にありつけない男たちがからかう。

「やっぱりな。そうかと思ったよ」

「村の男はたいていそうだ。小夜が巫女じゃなかったらヤリたかったって、みんな言ってた」

「そうじゃそうじゃ。わしが守ってやったのだぞ？」

頷く長老。生贄に捧げられる小夜は、村人の誰もに一目おかれていた。

薄幸だが、非常に美しく、着物では隠しきれない巨乳に男たちは夢中だったのだ。

「小夜の水浴び覗きに行ったら、先客がいたもんだ」

「くく……そうだそうだ。みんな小夜の巨乳見たくてたまらなかったんだよ」

男たちがにやにやと嘲笑しながら、小夜の肉体を舐めるように見る。

艶やかな黒髪。大きな瞳。豊満な胸と尻。誰に対しても優しく、愛らしい笑みを与えていた。

肌のどこを触っても柔らかく、甘美な感触がある。男ならば夢中になって当然である。

「そんらに……っ、わらひが好きらったんらぁ……でもぉ……わらひは鬼王しゃまのものだからぁ……」

ちらりと小夜が鬼王を見る。

「フン。好きにするがよい。お前が世話になった村の連中だろう?」

鬼王は興味なさげにそう言い放つと、高みの見物とばかりに悠々と小夜たちを見下ろした。

小夜は小首を傾げる。のんびり周りを見回すと、目を細めて笑った。

ここにいる男たちは、鬼子村で妖魔に怯えるちっぽけな虫けらに過ぎない。

鬼王もああ言っているし、小夜に憧れ、男根を最大にまで勃起させ、興奮している。

ならば、相手をしてやるのも悪くない。

「しょうがないなぁ……じゃあ、チンポいっぱいいっぱい……しぼったげるぅぅ……」

小夜が男根をくわえなおし、腹を突き出すようにして腰を振り始めた。

たちまち男たちは、目を輝かせて荒い息を漏らし始めた。

「おお……っ、マンコがすげぇ！」

「フェラもいい吸いつき具合だ。ふへっ、べろべろされて、チンカス溶けたぞ……っ」

「手マンコもしこしこたまらない……」

「おお……っ、小夜っ、成長したのう」

与えられる快美感に、男たちは破顔する。

辺りにはガマン汁と男の汗の匂いが、充満するようだった。

小夜は村人たちが歓喜している様を見上げつつ、夢中になって男根を吸い続けた。

濡れきった膣穴は、男根をきゅうきゅうと喰い締め、はしたなく涎を垂れ流していた。

「んん……っ、んぐ……っ、全部あわせても鬼王しゃまの先っぽぐらいらねぇ……」

そんなことを言いつつも、小夜はますます興奮し、快感を貪っていた。

「なんだとぉぉ、ザーメンの濃さじゃ負けてない！」

「俺もカタさじゃ村一番だっ」

「連射記録はすごいぞ～」

「わしもまだ負けとらんぞ？」

「見せつけてやるーー!!」

男たちがおおっと声を上げて、一致団結する。

全員が射精に向かって、汗だくになって腰を振り出した。

「しゅごい！　オマンコぶるぶるしゅるぅぅ……!!」

小夜が男たちの熱気に当てられ、いよいよ「上の口」と「下の口」を締め上げた、そのときだった。

どくぅぅッッ!!

男たちが一斉に白濁を放った。

熱くねっとりとした子種汁が小夜の全身を白く染める。

両手に握っていた男根は、彼女の頬を、鼻っ柱を、喉を、美しい髪を、胸を追撃する。

そして彼女の膣内《なか》を穿っていたペニスは当然、子宮へと精を降り注がせていた。

「ん……っ、ふはぁ……ほっぺものろもぉぉ……精液だらけぇぇ……」

「ほら、零れてるぞ、小夜。しっかり飲むんだ」

「たっぷり顔にぶっかけてやったぞ」

「はぁぁ……イヤあああ、巫女の手マンコはなかなかの具合じゃあ」

「ぜいぃぃ……ぜいぃぃ……マンコに中出し気持ちいいっっ」

口々に勝手なことをつぶやきながら、男たちは射精の余韻に浸っていた。

顔中にぶっかけられた精液は、ボタボタと落下して、全身を白濁に染めている。

「小夜、ちゃんと飲めよ」

「栄養ドリンクだぞ～？」

　小夜が目を細めて、男たちを見上げる。

　口内もまた、放たれた白濁で、いっぱいになっていた。

　小首を傾げながら、どうしようかと考え込む。そして小さく息をつくと、静かに喉を鳴らした。

「これぐらい……鬼王しゃまに比べればちょっとらもん……っ、飲んじゃえぇ……っ」

　これまで妖魔に飲まされた量を思えば、微々たるものだった。

　小夜は喉を鳴らし、目を潤ませながら、胸を上下させている。

「あはは。淫乱め。妖魔じゃないと満足できないようだな」

「いかにも。巫女がデカマラがいいとは！」

「そのわりにはキツマンだぞ！」

　そんな罵倒にも、小夜はにこにこと返す。

「鬼王さまのおちんぽが一番れぇぇしゅ……おかげで、ちっさいのでも気持ちよくなれたのぉぉ……うふふ……ふふ……」

　そんな彼女を見下ろし、鬼王はにやりと笑ったが、それ以上はなにも言わなかった。

　最強を誇る鬼王は、この世のなによりも精力的に優れている。

　どれだけの男が小夜を襲おうと、満足できる可能性はゼロだった。

鬼王は余裕で、高みの見物を決め込むことができるというわけだ——淫乱になった小夜と、旧知の間柄である村人たちの狂乱を。

しかし、まだ射精できていない男たちもいた。

「まったく、雌豚めが！」

「俺のはそいつよりでかいぞ？　試してみるか？」

「わしも頑張るぞ」

再び幾本もの勃起が、小夜を取り囲む。

「ま、まらすんらねぇぇ……うふふ……っ、どうぞぉぉ……鬼王しゃまのおかげでエロマンコだもーん」

小夜の目は鬼王へと注がれていた。自分を淫乱にしてくれた、たったひとりの主だった。おかげで軽い刺激でも、絶頂できるようになっていた。その鬼王の命令ならば、いくらでもなんでもしよう。

「俺、次は口マンコがいい」

「俺もなんだけど？」

「なにぃぃ？　ゆずらねぇぞ」

「これこれ。揉めるでない。順番じゃ、じゃんけんでもせい」

長老にたしなめられ、男たちがポジション決めのじゃんけんをすると、再び小夜に襲いかかった。

「はぁ、はぁ……うわ、口マンコあったけぇぇ」

男たちは狂喜乱舞し、小夜のあらゆるところで男根を揺らした。

入れ替わり立ち替わり、それぞれが小夜の手や口を使って擦らせる。

「あ、あふ……っ、チンポいっぱいぃぃ……」

小夜の悦びの声の後に、男たちの喜悦の声が続いた。

「はああ。天国に行きそうじゃ」

「まだまだ死ぬなよ？」

「そうだそうだ。小夜の口マンコ、手マンコ、生マンコ、全部味わってからにしないと」

男たちの下卑た笑い声が響き渡り、やがてそれは小夜の舌と男根とが奏でる、淫らな水音に取って代わられた。

小夜は狂おしいほどに欲情し、男たちが果てるまでしゃぶり上げ、腰を揺らした。

うっとりしながら精液を飲み続け、全員が満足するまで、楽しそうに彼らの相手をし続けた——。

「ん……っ、んふぅ……ん？」

――どれだけの時が経ったか。

小夜はしゃぶりついていたはずの男根が、なくなっていることに気づいた。

あると思い込み、なにもないところに口をすぼませて舌を滑らせていたのだ。

「んん……っ、んぐ……っ、なんらぁぁ……消えちゃったぁ……？」

小夜はいまだにあの乱交が続いてるように錯覚していた。

腰を前後に揺らし、手指は男根の形に丸くなっている。

口の周りに垂れた白濁を、ベロベロと舐めながら辺りを見回した。

「あ……鬼王様ぁぁぁ……私を見てくださったんれしゅねぇぇぇ……ありがとうございましゅぅぅぅ……嬉しいでしゅぅぅ……」

そう、見上げればそこにはまだ鬼王の姿があった。

「ククク。そうだ。ちびちんぽ相手に随分、楽しんだようだなぁ？」

小夜が満面の笑みを浮かべる。旧知の村人ではあったが、鬼王に心酔している今、小夜にとっては快感をくれたモノに過ぎない。

「はいぃぃぃ……鬼王しゃまのおかげでぇぇぇ……ちびちんぽで何度もイケるようになりましたぁ。ありがとうございましゅうぅぅぅ……」

「そうかそうか。じゃあ、一番好きなチンポはどれだ？」

「鬼王様でしゅぅ……でっかくてかたくてチンポミルクもすっごいでしゅぅ……世界で一

番……いえ、宇宙で一番でしゅぅぅぅ……」

小夜はしなを作り、尻を振りながら、楽しそうに鬼王に媚びていた。

目は丸太のような巨根を追っている。

あれが小夜の膣穴に入り、腹まで膨らませたかと思うと、あの絶頂が蘇る。

「くくく……あははは！　我のチンポで頭がいっぱいのようだな」

「はいぃぃぃ……鬼王しゃまぁぁぁ……どうか、私を独り占めにしてくらさいぃぃぃ……

デカマラでオチンポミルクをオマンコにくらさいぃぃぃ……」

小夜は立ち上がり、ふらふらと鬼王の下《もと》へと歩み寄る。

疼きが強かった。

村人たちの男根で一度は達したが、それももう終わったことだ。

やはり、鬼王でなくては自分の火照りは収まらない。

「お願いでしゅぅぅ……鬼王しゃまぁぁ。エロエロマンコがむずむずれしゅぅ……ああ、
もう……っ、ヌレヌレマンコなのぉぉ……っ」

「そんなに我のチンポがいいのか。そうかそうか……」

鬼王は不敵な笑みを浮かべながら、小夜を見下ろす。

自分の仕上げた下僕が懇願し、求めてくるのはまぁあの余興だった。

「鬼王しゃまぁぁぁ……お願いしましゅぅぅぅ……鬼王しゃま専用の即イキマンコれぇ

ぇしゅぅ……ああ、鬼王しゃまぁぁ……」

「そこまで我のチンポだけがいいというなら……そうだな、小夜。我の専用マンコにしてやろう」

小夜の表情がパッと赤くなる。大きく開いた口元がにたりと笑った。

「ありがとうございましゅぅぅ……ああ、専属のドロドロマンコをどうぞおぉ……」

小夜は腰を揺らし、吐息を漏らしながらおねだりする。

あの巨大な男根の味を欲して止まなかった。そのためなら、なんでもできた。

鬼王にドロドロにされて、イき狂いたい。頭の中で欲望が加速している。

「くくく。あははは……従順で可愛いのう。下僕よ。では……二度と他の男に触れられなくしてやろう」

「わぁぁぁぁい、ありがとうございましゅぅぅぅぅ……らいしゅぎですぅぅぅ……うふふ。鬼王様のでかちんぽ～♪　ちんぽちんぽ～♪」

小夜が楽しそうに妙な鼻歌を歌ったときだった。

鬼王が見る間に大きくなっていったのだ。

むくむくと膨らみ、元のサイズの数倍にも匹敵するほどだった。

「わぁぁ……鬼王様……っ、なんて妖力なんでしょう……っ、大きくてもう、お姿が見えません」

「……くくく。もう見なくてもいいのだよ。小夜。お前は我と永遠にいっしょだ」

「もちろんでしゅぅぅ。小夜は鬼王様とずっとずっーーーっといっしょですぅぅぅぅ……ふふ……ふふふ……ふふふ……」

突然、小夜の視界が真っ暗に閉ざされる。

鬼王がその躰を掴み上げて、パクリと飲み込んだのだ。

急に辺りが熱くなり、ねっとりとした粘液が付着してくる。

身動きを取ろうにも、狭いところに押し込められたようで動けない。

今の小夜は粘液にまみれた柔らかなものに密着していた。

ツンと鼻をつく生臭さがある。小夜はこれをよく知っていた。

「妖魔のチンポの匂いぃぃ……たまらないぃぃぃぃ……うふふ……ふふふ……」

腰をくねらせて、色っぽく深い息をつく。

密着する肉の壁が蠢いている。愛撫するように、うねうねと揺れているのだ。

辺りに充満する熱気にも媚薬が含まれており、小夜は時間を追うごとに、躰が熱くなっていた。

軽い痛みを覚えるほど、乳首が火照ってしまい、躰を僅かに動かしただけで淫部が刺激される。

肉壁が小夜を撫でるように蠕動していたのだ。

「……我の腹の居心地はどうだ？」

「鬼王しゃまぁぁ……ああ、最高でしゅぅぅ……とっても気持ちいいれしゅぅぅ!!」

「……百年、可愛がってやろう。そう、お前が溶けてなくなるまでな」

「ふあ、あぁ……んぅ？　グチョグチョマンコがぁぁ……はねてるぅぅぅ……っ!!」

小夜の膣穴には、極太の触手が根元まで入り込んでいた。

身をくねらせると、それが抽挿運動をしてくる。

硬い触手の蠢きに、小夜はますます窮屈な濡れた肉壁に身を寄せる。

すると熱くぬめった肉壁は、震えながら彼女の躰に粘液をなすりつけてくる。

小夜は媚薬を塗りつけられながら、膣穴を押し上げられ、極楽気分だった。

「ああん……っ、がちがちちんぽが揺れてるぅぅ……っ、オマンコ擦るうぅぅ……っ」

挿入中の触手は非常に力が強く、小夜を持ち上げるようにしていた。

すると、ますます小夜を囲む肉壁が振動して、粘液が零れてきた。

「あぁぁ、肉壁にぶつかっちゃうぅぅ……オチンポしゅごいいぃ……ッッ！」

小夜は歓喜し、身をくねらせた。肉でできた巾着の中心にいるようだった。

肉壁には大小の瘤があり、それが絶えず膨らみ、縮み、蠢いている。

そのたびにそれらが、小夜の耳や首筋を撫でるのだ。

「肉壁キモチいぃぃ……っ、オマンコ突き上げられてボンボン跳んじゃうぅぅぅ……っ」

小夜の巨乳がバルンバルンと不規則に揺れる。膨らみきった乳首が、肉壁に擦れて濡れていた。

湿気と熱気に満ちた肉壁の中、小夜の脳にはただ愉悦だけが感じられている。

蠕動のリズムにあわせ、性感が昂ぶっていった。

「はぁぁぁ、はぁぁぁ……ああん、ぎもぢいぃぃぃ……クリもしこしこらよぉ……だんだんおがしくなってきたぁ……しゅっごいよぉぉぉ……っ、ああ、わかった！　超キモチいい秘密ぅぅぅ!!」

小夜がぐっと顔を上げて震え出す。

狭い空間で、騎乗位に耽っているようだ。急に空へ放られたように、快感が疾走する。

もはや正気を保っているとは言いがたい小夜だが、そのトロンとした双眸《そうぼう》には、それでもはっきりと意志が見えた。

「ああ、わがっだぁぁぁ……そうよ、このオチンポは鬼王しゃまのよぉぉーーー、肉壁もぉぉ……愛しい鬼王しゃまだぁぁぁ……んほほほほ……っ」

小夜はだらしなく口を半開きにしながら、絶頂の声を上げ続けた。

「ひゃっはぁぁぁ……ああん、鬼王しゃまちんぽ嬉しい……っ、ああ、わらし……っ、鬼王しゃまの中にいるのねぇ……はぁ、はぁ……はうぅぅっ!!」

これこそが求めていたことだと、小夜は確信した。

「もうらめぇぇぇぇー、ぐにぐにされて、イキオッパイイキマンコなによぉぉ……っ、ああ、鬼王しゃまとひとつになってるぅぅ……っっ！」

愛してやまない鬼王の体内で、熱い粘膜に包まれる。小夜にとって究極の幸せがあった。

鬼王の言う専属とは、こういう意味だったのだ。

膣穴の触手もまた、それに応じるように力を込めてくる。

「ああ、オチンポがそうだよって言ってりゅのぉぉぉ……っ!!」

射精のときが近づいていることに気づき、彼女はいよいよ声を昂ぶらせる。

そして、その次の瞬間。

どくんッッ!!

「んほほほほぉぉ……っ、きたきたきたきたきたぁぁ……燃えそうなミルクがすっごいのぉぉ……ッッ!!」

熱い白濁が膣穴に放出された。

小夜は絶頂したまま、まるで時が止まったように硬直した。

「鬼王しゃまぁぁ……ありがとうございましゅぅぅ……アクメしゅごいでしゅぅぅ……ああ、止まらないいぃぃぃ……ッッ!!」

その熱感をいつまでも味わっていたかった。

どくっ！　どくん！　どくく……ッッ!!

触手の射精量はかなり多く、まるでホースで水を撒いているかのようだった。

「夢がかなったにょぉぉぉ……ふおおおお、ああん鬼王しゃまの中でイキマンコぶるぶるしてるのぉぉ……ッッ!!」

小夜は嬌声を上げ続けた。ゼリーを思わせるネトネトの精液が自らの膣内《なか》へと注がれているのを、はっきりと自覚しながら。

鬼王の体内にいるだけで、媚薬が肺から胃から入ってくる。

加えて躰中を肉壁に擦られ、膣穴にも鬼王の一部である、宇宙一の男根が穿たれていた。

止まらない絶頂が、小夜をどんどん盛り立てていく。

どくぅぅ……ッッ!!

「またキタァァァッ、イッてイッてイきっぱなしぃぃぃ……ひゃあああ……ッッ!!」

またも触手は子宮口に密着したまま、熱い白濁の砲撃を加えた。

小夜は白目を剥きながら、アクメを迎える。

緩みきった顔が、既に小夜が変わり果ててしまったことを物語っていた。

「チンポォォ、チンポォォ……ふふ……っ、おっぱいにも口にもちんぽぉぉ……」

小夜は自ら、肉壁に乳房や尻を押しつけていた。

躰のどの部位にも鬼王の触手の責めが止まることなく繰り返される。

「チンポ動きらしたぁぁ……デロデロの肉壁もぉぉ……みんな鬼王しゃまのチンポででき

てるぅぅ……ふふ……ふふ……」
小夜の笑みは、顔を引き攣らせているかのような不自然なものだ。
しかし彼女が多幸感のなかにあることは、まぎれもない事実。
連続絶頂し、連続射精され、肉壁に揉まれて、いつまでも——。
「……ん？」
ふと、その唇から疑問の声が漏れた。

濡れた肉壁が小夜の躰に密着し、ベトベトの粘液を塗りつけていた。

熱帯にいるかのような熱を感じる。

「あ、あぁ……はぁぁぁ……ろうなってるんだろう……」

小夜は眠っていたようだ。目は覚めたが、時間や空間の感覚がない。

下腹部を突き上げる鬼王の触手に、熱い吐息が漏れる。

子宮の奥深くを、ひねるように亀頭が擦ってくる。

「ああ……っ、チンポォォォ……うふふ、……元気いっぱいらぁぁぁ……」

唇から涎を溢れさせながら、小夜がだらしなく笑う。

その腹は大きく膨らみ、今にも破裂しそうだ。

「あ、あぁぁぁ……触手チンポにイかされるぅぅぅ……っっ！」

びくびくびくびくんッ！

背中を反らし、ガチガチと歯を鳴らし、小夜は絶頂する。

肉壁の中で粘液を浴びながら、彼女は煮えるような愉悦を味わっていた。

「うふふ。ふふ……またイッたぁぁ……ボテ腹絶頂最高〜〜、んん、ふぅぅぅ……」

小夜が躰中に巻きついた触手に、笑いかける。

「種つけ絶頂もぉぉ……出産絶頂も……みんならいしゅぎぃぃぃぃ……ね？　赤ちゃん♪」

躰中を触手に巻きつかれていながら、ごく親しい人物とハグしているかのような笑顔になる。

溢れ返る粘液が肌に滴るたびに快感が疾《はし》った。

膣穴に入った触手は、延々と蠢いて、小夜を絶頂へと導いていた。

いや、その触手はさっきよりも増えているようだ。

そう、それこそが小夜が産んだ妖魔だ。

それらが母に甘えるように小夜に絡みつき、すり寄っていた。

「ママのお腹から出て来たときは、ちびちんぽみたいな赤ちゃんだったのにぃぃ……うふふ。ふふふ……ママに甘えちゃってぇぇ……」

そう言う間にも、触手がその乳房の上へと這い寄っていく。

「ひゃあぁ……っ、母乳いっぱい吸うからぁぁ……おっぱいがどんどんれっかくなったによぉぉ……うふふ……ふふ……ふふ……」

触手の分泌する媚薬入りの粘液は、枯れることがない。今や乳首もクリトリスも肥大し、快感は何倍にもなっていた。

「んんっ、お腹の赤ちゃん蹴ったぁぁ……ゴロゴロキモチいいぃぃぃ……」

愛しい我が子である触手が快感を与えてくれ、自らに種づけし、ボテ腹にしてくれる。

小夜は雌としての最高の幸せの、無限ループのなかにいた。

「また産まれてくれるんらねぇ……うふふ……何人目だっけ？　五人超えてから、わからなくなっちゃったぁぁ……ふふ……ふふ……」

愛しい母親である小夜は、触手にとって欲望の対象でもあり、産まれてすぐに種づけを始めることもあった。

赤ん坊であっても産まれ落ちた瞬間から、大人の妖魔に等しい能力を持っているのだ。

びくんッ！

小夜の肢体が、またわななく。

「ふひゃあぁぁっ!?　触手チンポかにゃあ？　それともまた産まれそう？　どっちでも大歓迎♪」

息を荒らげながら、期待に満ちた声を上げる小夜。

「どっちかにゃあ？　産まれるのぉぉ？　それともちんぽみるくらしちゃうのぉぉぉ？」

自分が産気づいているのか、妖魔の射精が近いのかももう、判然としない。

「あ、あ、あああぁぁん……っ、どっちでもいいんらよぉぉぉ……らって、マックスアクメきちゃうからぁぁ……ああ、クルゥゥ……くるくるぅぅぅ……」

これから訪れる絶頂を待ちわび、白目を剥きながら、小夜は手足をバタつかせた。

濡れた膣壁がめくれるほど、触手が暴れて小夜を絶頂させようとしていた。

「んん～～～～～～ッッ！」

頭が真っ白になる。

びくびくびくびくんッ！

小夜は背中を海老のように反らしながら、快感を堪能していた。

雷にでも撃たれたような衝撃に、歯を喰い縛り、ギリギリと耐える。

躰が空中分解したような、恐ろしいほどの絶頂に包まれていた。

そしてその次の瞬間、その肢体が硬直する。

その間にも、触手や肉壁は蠢き続けていた。

動かなくなった小夜にも、変わらず乳房をこねて、乳首を引っ張り、濡れた膣穴を突き込む。

その間にも小夜は昇天し、どっぷり絶頂を味わっていた。肩が強張り、骨盤がミシミシと軋んでいる。

「ああ、きもちいいぃぃぃぃ……お尻むずむずすごいのぉぉ……ふふ……うふふふ……出産絶頂じゃなかったぁぁぁ……」

その表情は、既にまるで別人のように崩れていた。

自ら躰をくねらせ、快楽を求め続ける。

浅ましく欲望だけを求める雌として、完成していた。

今やここが従属していた鬼王の中ということも、頭から消えている。

「さーいこう♪　ふふ……っ、うふふ……あははは……あはは……ぁ！」

また背中を反らし、肢体を震えさせる。

間を置かず絶頂が訪れたのだ。

目をぐるりと回して、白目を見せながら、唇をわなわなと震わせている。

小夜を囲む触手たちが、それにあわせてうねうねと肉壁の中を蠢く。

「またきたぁぁ♪　ボテ腹アクメきたぁぁぁ……はぁぁぁ、はぁぁ……ッッ!!」

小夜が喉を見せながら、全身を大きく反り返らせる。

その周囲で、まるでそんな小夜を祝福するように、触手たちが彼女の肢体を撫で回す。

だらりと伸びた乳房をたわませ、首筋や脇の下にまで入り込んで、愛撫していた。

小夜は快感を得て、触手たちは与える。一巡し、完成した世界がそこにあった。

「しゅごいぃぃ……ああ、みんなぁぁ……ありがとうぉぉ……ママメロメロォォ……どんどん孕んでどんどん産むからねぇぇ……ふふ……ふふ……」

喘ぎ声とも、笑い声ともとれる声を漏らす小夜。

快感と絶頂とが繰り返される天国で、小夜はいつまでも生き続けるのだ――。

あとがき　北原みのる

皆さま、初めまして（orお久し振りです）、今回、ノベライズを担当させていただきました、北原みのるです。巫女さんと妖魔とのバトル、いかがだったでしょうか。ゲームにはハッピーエンドのルートもあるので、気になる方はそちらもプレイなさってくださいね。

さて、プロフのほうにも書きましたが、目下、『スパロボ30』の参戦作品が発表されたばかりで、頭の70％がその話題で占められております。

なにしろ30周年記念作と言われて、「それにちなんで参戦作品も30作では？」などといわれていただけに、蓋を開けてみれば少々寂しい布陣。機体のみ参戦などを除けば参戦作は実質17作くらい。『コンV』があれば（フィリピンでの実写リメイクなどもあり）『ボルテス』は出るだろうとか、『マクロス30』は、『シンエヴァ』は、と言われていたのがいずれもナシ。せめて『Δ』や旧『エヴァ』でも出してくれればという感じだったのですが……。

なにより神谷明氏が出るようなことを感謝祭で言っていたのが、それすらもナシ。正直これはなぁと。一応、ＤＬＣとしてその辺りが救済される可能性はあるので、今はそちらに期待、といった感じです。

いろいろ文句も言いましたがずっとつきあってきたシリーズなので、これからも末永く続いて欲しいものです（きれいにまとまった……か？）。

ぷちぱら文庫

巫女姫淫魔伝《みこひめいんまでん》
～異種触手《いしゅしょくしゅ》・生贄苗床《いけにえなえどこ》～

2021年 8月 13日　初版第1刷 発行

■著　　者　北原みのる
■イラスト　ズルム健
■原　　作　ZION

発行人：久保田裕
発行元：株式会社パラダイム
〒166-0004
東京都杉並区阿佐谷南1-36-4
三幸ビル4A
TEL 03-5306-6921
印刷所：中央精版印刷株式会社

PP401

既刊案内
淫獄の
姫騎士姉妹
Indecent prison princess knight sister
オークの家畜苗床
気高く美しい姫君が
おぞましい豚獣どもの性贄となる!
好評発売中!
ぷちぱら文庫 381
著 布施はるか
画 ぼっキング
ちくび
原作 ZION
定価 810円+税